運仁詩文集

流沙河题

刘运仁 著

百花洲文艺出版社
BAIHUAZHOU LITERATURE AND ART PRESS

图书在版编目（CIP）数据

运仁诗文集 / 刘运仁著 . -- 南昌 :
百花洲文艺出版社 , 2021.2
ISBN 978-7-5500-4187-5

Ⅰ . ①运… Ⅱ . ①刘… Ⅲ . ①中国文学 – 当代文学 – 作品综合集
Ⅳ . ① I217.2

中国版本图书馆 CIP 数据核字 (2021) 第 031490 号

运仁诗文集
刘运仁 著

出 版 人：章华荣
责任编辑：刘　云　陈启辉
书籍设计：隐园文化
出版发行：百花洲文艺出版社
地　　址：南昌市红谷滩新区世贸路 898 号博能中心 20 楼
邮　　编：330038
经　　销：全国新华书店
印　　刷：长沙印通印刷有限公司
开　　本：140mm × 210mm　1/32　印张　6.5
版　　次：2021 年 8 月第 1 版第 1 次印刷
字　　数：200 千字
书　　号：978-7-5500-4187-5
定　　价：49.00 元

赣版权登字　05-2021-124

邮购联系：0791-86895108
网址：http//www.bhzwy.com

序

1962年春经同学牵线与运仁相识，当时同学并不知他详细情况，但初次见面他就坦诚相告了1957年在重庆大学电机系读书时被错划为“右派”而被留校察看，及当时断然与前女友分手的经历。我骇然了……

1957年“反右”时，我上初中三年级，虽然年纪小但印象深刻，且已有一定的是非观念。我认真审视着眼前这位英气勃勃、阳光开朗的小伙子，我的直觉告诉我：这是一个真诚坦率、负责任的人，是一个有担当的人。于是当即回答：“我认为你所谈的这些情况，不是‘问题’”。自此我们开始了交往。

日后从他那本厚厚的诗集中，我看到了他真实的内心世界。他对家庭、对父母、对故乡深深的眷恋，对兄弟的亲情、对朋友的忠诚，都跃然于字里行间，尤其是他的乐观、开朗、坚毅以及对美好未来的信念、向往和对自己目前无所作为、虚度年华而所致的淡淡的忧伤，都深深感动了我……（见诗文中以下择录）

《1960年重庆大学毕业分配赴湘》一诗之二：“此行未见娘亲面，归梦红墙见小楼。”（运仁家住成都市红墙巷，当时毕业分配，携书抱病赶赴潇湘，临行前都未允回成都见娘亲一面）之五：“霞彩满帆出夔关，金波万里拥吾船。他日若得凌云志，春风再送我归还。”之七：“堪笑我今年少日，何愁惧往满身差。”之九：“风尘难磨英雄气，雨露岂摧壮士头。”

又见《春游戏作》一诗："暂把豪情附山水，权将傲骨寄江湖。"及1962年《除夕有感》中"已透春风消息至，何愁残雪拥吾阶"。

这些诗篇都一字字一句句勾勒出他受伤的心灵、坚忍不拔的毅力和他的宏伟志向，我深为震撼，认定他是一位才华横溢、志存高远、乐观向上、热爱生活的有志青年，是非常优秀、值得我托付终身的人！我们商量：五年后结婚。

然而"文革"开始了，一时阴云密布，山雨欲来，在此"关口"运仁又一次提出"分手"，让他独自面对这场突发的风暴！我的脑海突然闪现出他1957年被打成"右派"与前女友分手的痛心场景……绝不能让悲剧重演！我当即决定：风雨同舟。在我强烈坚持下，我们于1966年6月提前结婚了。我们的婚礼，仅是妈妈在家做了一桌酒菜，请了几位长辈和家人，以示庆祝。在那九平方米的小屋前（原系别人的厨房），只有几个小孩在看热闹，吃着喜糖。婚后三日即被例行抄家，把他那本心爱的"诗集"抄走了。

在艰难岁月中，他始终沉着、冷静而坚定。当我焦急流泪时，他总是鼓励我："这种逆历史潮流的怪象，决不会永远存在！"我们有了第一个孩子后，搬到了一间稍大点但仍不通风的房子里，晚上，他仍然勤奋学习，经常和工人师傅们看图纸、讲技术，上课至深夜。至今这些老同事仍尊称他为"刘老师"，有时回家，他常显显手艺做些"拿手"的川菜，味道好极了。我们贫贱夫妻，相濡以沫，互相扶持，携手走过了十年最艰难的岁月。

我们养育了一双儿女，运仁对子女谆谆教诲，循循善诱。儿子考上了市体委武术队，他每天早上5时30分，骑上一部破旧自行车，从我们家（当时住在东瓜山）送儿子到贺龙体育场练武术，回时买菜做饭，照顾我坐“月子”，再赶到修配车间上班（当时作工人用）。其辛苦无以言表，还要送我患癌症的母亲去20里以外的163医院看病。但他从无怨言，始终乐观坚强，上孝父母、友爱兄妹、爱护妻儿、谆谆教子。他知识广博、幽默风趣，常给我们讲故事，说笑话。经常带着儿子做“煤球”，擦地板，只要他在家，小屋里总是充满了欢声笑语，一家人生活虽苦犹甜。

他从小博览群书，青年时代尤爱看高尔基的人生三部曲——《童年》《在人间》《我的大学》和瓦西里·阿扎耶夫的名著《远离莫斯科的地方》。《远离莫斯科的地方》一书中主人公献身边疆的精神、成长经历和“前线的胜利也即将到来”的名言，激励着他的一生。“文革”时期虽处境艰难，但他仍怀着坚定的信心和坚韧的毅力，努力拼搏。在修配车间当工人，他就认真钻研机械理论，在单位领导郭德辉书记的信任支持下，为支援农村公社小型企业生产大胆研究创新“铁塔放样”及试验生产，与工人师傅们一道研发制造了钢筋对焊机等多种施工机械，他还致力于“调相机安装技术”的理论研究，并翻译了大量俄文资料。在上级领导的支持下，成功主持安装了全国第一台“氢冷调相机”，还编写了一套十多万字的培训教材——《调相机理论安装与运行》，受到上级和各有关单位的好评。他1957年的所谓“右派”，在1979年得以彻底平反，从此，他多次主持一些大型变电站，及线路施工建设。如葛—常—株500千伏云田500kV变电站等送变电工程。他大胆创新攻克施工中的技术难关，挑战了传统的施工模式。当时无电脑，他全凭手工计算“力学”方面数据，不畏艰险，勇于担当，最终成功实现了“33米混凝土特高杆”整体吊空（即高压电线杆）、铁塔“整体吊立”、“导线紧线施工”和“导线塑螺伸长”等一系列施工技术难点的突破，并撰写了一批科学论文。

党的十一届三中全会的改革开放带来了运仁的春天，由于他始终如一的努力拼搏和坚定的信念，以及科学创新的精神，在1982年他被湖南省电力厅任命为省机电工程局副总工程师，实现了运仁青少年时代的远大理想，从此他全身心投入到了湖南的电力建设事业之中。

随着事业的成功和职务的迁升，运仁日渐繁忙。而当时我也调到上级机关工作，离家较远。他为了能分担一些家务，除了必要的工作应酬外，尽量不参加其他应酬，晚上除了教育孩子们，还抓紧时间学习新知识、新技术，并且四十多岁开始苦练英语口语，乃至数年后完全无须翻译，可与外国专家流利沟通。他的顽强的毅力和乐观的心态深深地影响了儿孙们……

五强溪水电站是国家“七五”“八五”工程，也是湖南最大的水电工程（百万千瓦级），由于历史的原因，该工程已濒临下马，1990年运仁已过天命之年，仍受命于省电力局党组，只身一人奔赴五强溪水电建设这一充满了艰险和挑战的全新的战场。

五强溪地处沅陵县，远离家庭，生活条件艰苦。当时已面临下马状态，而省政府提出了更高的要求：提前发电。水电又非他所学专业，他因此感受到了从未有过的压力。经过慎重考虑，他决定迎难而上，决不辜负省委、省政府、省电力局的期望，一定要把五强溪水电建设工程搞上去，力争提前投产发电。

在进行了大量调查研究之后，终于找到了影响工程展开的症结，并排除了一些人为的阻力，在各级领导支持下，他带领公司干部、员工，紧跟体制改革的步伐，大胆改革创新，理顺了项目管理、施工企业、设计、监理以及各级政府等纵向和横向关系，对项目采取了“目标管理”和“全面质量管理”等一系列现代管理方法，绕过了很多工程中的暗礁，有效避免了重大决策的失误，终于确保五强溪水电站第一台机组成功提前发电投产，有效缓解了湖南省严重缺电的局面。

1996年，时任国务院副总理邹家华来湘主持会议，明确由五凌水电开发公司作为一级法人，负责“沅水流域梯级滚动综合开发”项目，运仁作为“五凌”公司总经理，在省政府、省电力局的领导下，不负使命，带领管理团队和全体干部员工克服了种种困难，为源水流域各级电站的立项、建设、运行等作出了很大的努力，使沅水流域梯级滚动综合开发逐步形成，为五凌水电开发公司持续健康的发展打下了坚实的基础。同时，因为湖南缺煤，所以又从清洁能源、抢占市场的战略角度启动了“核电”前期工作，运仁通过大量的实地勘察、科学论证，选定了益阳桃源作为湖南最适宜开发的核电地址，并建议政府保护性开发，为湖南的能源建设开启了新篇章。

由于长年的超负荷工作，过度的透支身体，1998年运仁终于病倒在岗位上。他一生历经坎坷，退休后却未能幸福快乐的生活，十六年来曾先后患前列腺癌、肺癌以及肺癌多发性骨转移等疾病，但他仍以最大的毅力与病魔抗争，患病期间，当身体状况较好时，还牵挂儿女，并远赴加拿大陪伴小女儿一家小住。还为当地华人报刊写下多篇生动活泼的小小说、诗篇和杂文，还以《邻居》一文，获得了魁北克省华人作协征文比赛二等奖（2006年）。他牵挂着国内孙儿的成长，写下了一封封感人的家书。患病十多年来，省电力局、湖南五凌水电开发公司始终如一的关心和鼓励，同事朋友对他的爱戴和友情，家人的亲情和他坚忍不拔与病魔作斗争的毅力以及乐观的心态，支撑着运仁闯过了一关又一关。但是，2014年4月26日上午10时，运仁，我亲爱的丈夫和师长，儿孙的好父亲、好爷爷，仍然带着无限的眷恋，永远地离开了他深深热爱的亲人，我们经受了巨大的心灵的伤痛，但运仁给我们留下了丰厚的精神财富，树立了崇高的品德榜样，指导着我们沿着他的足迹，坚定地走好我们的人生之路！

运仁，永远活在我们的心中！

周年清明时节，忆起1964年与运仁回四川成都红墙巷小院初见父母，兄弟家人团聚之情景，思绪万千。宇梅不才，仍勉力作诗一首，以寄托为妻无尽的哀思。

昨夜依稀归故里，红墙小院乐融融。
昔日英姿今犹在，醒时已是泪朦胧。
有缘千里连红线，无福相伴白头终。
感君知我数十载，而今人海失知音。
风霜雨雪路坎坷，云开日出壮志成。
了却人间天下事，极乐仙境再相逢。

妻：宇梅

写于2018年4月

目 录

现代诗作

散文

家书

回忆录

古体诗词

（一）五言律诗

五律一首·题运勇临摹宋《烟江叠嶂图》

白云依山起，绿波逐水流。
晚来风雨急，渔火点点愁。
寒雾隐酒肆，冷气浸客楼。
西山丛柳下，深夜眠孤舟。

五律一首·风清明月夜

风清明月夜，顾影倍怜花。
缁袖添风露，秋山隔我家。
遥遥归路远，杳杳广寒赊。
西望蓉城处，野井孤霭斜。

（二）七言绝句

七绝二首·题运勇画

（一）

水傍青山山偎霞，归去桥边处处花。
借问何处能一醉，白云生处是酒家。

（二）

雅掠紫天月更高，江寒风急夜催涛。

点点疏星送流水，不尽烟江浪滔滔。

七绝三首·夏日韶光何太促

一九五七年夏，试用绝句译莎士比亚十四行诗三首，以寓其意。

（一）

夏日韶光何太促，五月花发狂飚落。

欲将君貌比斯时，君质丽洁更绰约。

（二）

刹时炎炎出骄阳，忽然阴沉减容光。

绝色粉黛终须谢，唯君青春作久长。

（三）

永继芳龄如我诗，堪笑阎罗寄相思。

自是人寰有情种，同心天长地久时。

七绝五首·故乡

（一九五九年春）

（一）

柳绿蓉州花似海，尘香雾暖人如潮。

春蓉绯黛娇羞处，独在青羊十二桥。

（二）

梅腮初瘦柳眉长，绿骥催春到草堂。

独伴诗魂空立久，东风休笑痴刘郎。

（三）

春光初上柳梢痕，体态轻盈桃李魂。
休怨刘郎深睡去，只因合梦到家门。

（四）

春雨飞花梅乱落，随风片片洒相思。
望君须记繁霜夜，独伴寒窗梅一枝。

（五）

粉墙透出小桃红，曲曲清溪细柳中。
一树杨花挑酒幌，迎来满店是东风。

七绝四首·泪别姐弟

一九六零年八月，余于重庆大学毕业，发配至湖南工作，行前未获允许返蓉辞别父母。其时三弟运勇考取四川美术学院，四弟运诚考取重庆师范学院，均赴重庆报到。但因行期仓促，仅与在重庆工作的二姐运明和四弟运诚辞别留影。有感赋诗数首。

（一）

一言握别记心间，雪案萤窗趁少年。
欲夺鹏程须展翅，文章达命不由天。

（二）

未知此去向何方，俯首临风叹杳茫。
自是从中知教训，莫将兄事挂心肠。

（三）

乳燕莅时各自飞，青云平步应须归。
应知慈母青丝改，化作凌云毛羽肥。

（四）

相邀鱼雁待春风，结伴归来笑语浓。
堂上欢歌圆月夜，庭前灯影石榴红。

七绝五首·一九六零年赴湘

一九六零年，余重庆大学毕业，发配至湖南工作。

一帆东下，出三峡，经武汉，过汨罗，至潇湘。途中击节感慨，泄幽思于文学，抒壮志以诗词。夫余之命途，曲折多难，而胸中意气，悲壮交加。幼时，萤窗雪案，呕心苦读。然今孑然一身，束书飘零，如燕离母巢，彷徨不胜！每舟行浪静，车驰风疾，凭阑吟之，得其诗，记之如下：

（一）

一帆飘零去向东，万里彩霞满江红。
两岸青山回浪转，顺风此去我从容。

（二）

夜夜明月绕客舟，江风瑟瑟送乡愁。
此行未见娘亲面，归梦红墙见小楼。

注：余家住蓉城红墙巷。

（三）

湿襟洒泪别渝州，此去湘衡作远游。
归梦依稀怀往事，忽闻归雁过船头。

（四）

秋风瑟瑟满江寒，辗转难眠夜夜天。
千层轻浪送游子，悲欢五载去如烟。

（五）

霞彩满帆出夔关，金波万里拥吾船。

他日若得凌云志，春风再送我归还。

七绝四首 · 访友

（一）

忽传鸿雁至潇湘，彻夜难眠回九肠。

欲顺春风南国远，如烟往事立苍茫。

（二）

飘然来去太匆匆，共话当年笑语浓。

回眸征程多感慨，婵娟依旧更从容。

（三）

潇湘灯火近黄昏，云汉①迢迢月夜魂。

至感殷情贤伉俪，犹敲诗韵夜沉沉。

注①：罗云汉为余高中之好友，一九九三年专程来湘看望。后亦有高中好友范学翰及余大中之夫人相继来湘看望。

（四）

南国春潮南国风，飞鸿寻踪忆芙蓉。

豪情杯酒酬知己，放眼关山夕阳红。

七绝二首 · 题女儿彦君相册

（一九九二年九月十三日）

（一）

木兰未必尽阳刚，红线侠骨与柔肠。

处世经纶儿须记，取象于钱圆内方。

（二）

月有圆缺总难全，人生沉浮不由天。
处世经纶儿须记，行若方而智欲圆。

七绝 · 咏毛乖弟赠圆桌

（一九九三年）

画来经纬总团圆，银柱擎天托玉盘。
鼎足乾坤休看小，大刀阔斧欲开天。

七绝 · 咏大弟娃赠腰皮包

（一九九三年）

如个囊中日月大，果然皮里有春秋。
十年奔走长安道，两袖清风笑白头。

七绝 · 酬巧弟赠诗

（一九九三年）

长廊短亭断肠时，不折柳条却赠诗。
秉烛诵来惊夜雨，只缘红豆最相思。

七绝·戏题运勇弟花丛小猫画作

（一九九六年）

愁眉苦脸小天真，为戏溪鱼湿遍身。

一副花前顽皮相，招来粉蝶笑无声。

七绝六首·赠宇梅

一九九八年年春四月，宇梅五十有五，诗作礼赠。

（一）

艰难世道度春秋，贫贱夫妻共喜忧。

家无隔夜余粮米，夜夜春风临小楼。

（二）

红袖添香伴我吟，秉烛寒夜拥明珠。

颠簸尘世君为伴，共裁春光画图殊。

（三）

波澜壮阔辟征程，我本文弱一书生。

君贤内助拳拳意，春来冬去情深深。

（四）

贤妻慧眼古今同，落魄少年途未穷。

展翅鹏飞[①]驱万里，征程一路百花红。

（五）

人生百岁如流光，常忆月明浮暗香。

儿孙满堂欢笑语，春花秋月续华章。

（六）

湘女多情事事真，吾妻温柔情更深。

天长地久无时尽，举案齐眉共永生。

注①：余乳名鹏飞。

（三）七言律诗

七律·惜别

凉夜月寒浸古桐，疏星摇颤满天风。
今宵惜别伤愁重，对酒觅诗醉意浓。
茂竹含烟栖倦鸟，秋霜送冷夜惊鸿。
月华如水窗前看，庭傍石榴似火红。

七律二首·三月夕阳映草堂

（一）

三月夕阳映草堂，杏花斜倚短篱墙。
东风送燕过疏柳，春水戏鹅遍野塘。
阡陌纵横皆绿意，李桃交错是春光。
锦西城外游人醉，花絮入怀满袖香。

（二）

十里涛声伴我行，银沙碧浪踏歌轻。
烟波水阔觉潮净，江岩风清待月升。
自是逍遥难有酒，由他漂泊任平生。
夕阳渐随白帆去，杨柳招摇一岸青。

七律·忆蓉城家及友人

（一九五七年秋）

风送夜寒忆别时，故情似海愁如丝。
怀乡最怕惊秋雨，对酒岂能忘故知。
枫冷吟蛩伤客意，灯红弹泪寄诗词。
东窗已透晨消息，犹恐蓉花入梦迟。

七律·赠二姐运明①

尘世颠簸叹路赊，金蓉街畔且为家。
相依为命嘲辛苦，对忆当年感韶华。
千里离家悲地阔，十年随姊到天涯。
小楼永存温宁梦，怕理愁丝日易斜。

注①：一九五七年“反右”中获罪，余“戴帽”学习，时二姐运明在重庆工作，虽因丈夫“反右”中亦获罪至受牵连调离原单位，仍对余多有呵护，姐弟相依为命。

七律·锦城之春

（一九五八年春）

春风十里柳轻扬，碧岸桃花水面香。
十二桥前春似酒，锦江溪畔我倾觞。
放声哗笑竹鞭舞，高颂诗章酒气狂。
三月蓉城人易醉，劝君切莫向他乡。

七律·望江公园

（一九五八年春）

楼依岷江细柳斜，绿堤春色浪飞花。
雪涛井暖催诗意，九眼桥横涛浪沙。
无语凭阑思忆远，敲杯借酒故情赊。
江帆已载夕阳去，渔火满江落晚霞。

七律·泪别姐弟

红墙深巷是吾家，万里归心对月华。
久别弟兄重聚首，飘零书剑向天涯。
孤鸿飘杳悲离失，人海苍茫叹路赊。
握别渝州我有泪，青山开遍断肠花。

七律·除夕戏作

（一九五八年）

感慨须眉今又长，何堪谈笑梦黄粱。
及时放饮须倾酒，只便寻欢且尽囊。
自古几人矜霸业，于今谁个识文章。
若问自在逍遥地，且尽君前酒一觞。

七律六首·一九六零年赴湘

（一）

三日两夜到武昌，龟蛇沉沉锁大江。
卧浪长虹吞远景，映波灯火似晨光。
轻尘今作他乡客，风露岂催百炼钢。
三镇列雄峙一鼎，且看锦绣满潇湘。

（二）

吾母曾经此处游，黄鹤楼下水悠悠。
娥眉英气今犹在，[①]慈爱柔情万载秋。
堪笑我今年少日，何愁俱往满身羞。
且看高阁彩云起，莫令檠短叹白头。

注①：余母陈德芸一九二七年曾报考中央军事政治学校武汉分校第六期，高“中”女生第一名。

（三）

大江东去浪悠悠，云雾空横万里愁。
红叶惊风江峡月，碧波催客洞庭秋。
汨罗萧瑟伤屈贾，赤壁依稀论曹周。
自古文章憎命达，何须挥泪问神州。

（四）

大江东去变今古，云雾扫开天地愁。
青山失色秋意急，白帆逐浪楚山悠。
风尘难磨英雄气，雨露岂摧壮士头。
天下纵横初试剑，高歌一曲送行舟。

（五）

携书抱病抵长沙，西望蓉城不见家。
满市华灯煊似昼，长街锦绣艳如花。
桐荫覆盖芙蓉少，忧患交织月影斜。
满眼繁华似旧梦，伊人何处叹天涯。

（六）

风尘抱病路迢迢，[①]我至长沙景色凋。
黄叶半阶秋瑟瑟，寒灯一梦雨潇潇。
为酬知己披肝胆，岂判恩仇凭锦貂。
一唱雄鸡天下白，云开红日玉霜销。

注①：作者赴湘途中患急性肾炎，住湖南省人事局招待所，全身浮肿，举目无亲，病愈，省人事局分配工作时，主动要求分到最基层工作，后分配至湖南电力系统机电局第四工程处，从此开启了献身湖南电力事业艰辛而辉煌的征程！

七律·五强溪五咏

（一）

鏖战五强众志坚，周公[②]为帅我为先。
谈兵虎帐江声阔，涛卷风云月影寒。
坝上灯红舒怅望，谷中雨冷落云烟。
青山不老为凭证，少论玄黄能胜天。

注②：周公，即当时湖南省委常委，副省长。

（二）

彻夜江声夜不眠，狂涛骇浪欲摧天。
鱼龙将锁震河谷，雄坝轻舒霹雳弦。
皓月轻风泛小艇，清波回浪有澄渊。
话说沅水从头事，将帅周公执玉鞭。

（三）

自古正邪评大节，于今真谬正文章。
山川再造留千古，日夜催军战五强。
不论不争重实践，决心决策息短长。
清风坝上涤俗虑，春花天外映夕阳。

（四）

一坝横空作砥柱，千寻飞瀑挽狂澜。
谷中风雨从呼唤，水下鱼龙听指宣。
夺目明珠冠四水，成城众志改河川。
五强从此成福地，笑看铁塔列山前。

（五）

坝上原来天地宽，澄江碧浪袅晴烟。
当年呐喊天阔阔，经岁鬓霜报元元。
肃立神虎镇河谷，笑谈妙计治山川。
周公挥洒舒宏图，桃李春风又一年。

七律二首·赠友

（一）

十六月下与君逢，六十飞鸿溯旧踪。
倩影蓦然入眼底，流光已逝转头空。
高山流水知音少，云鬓青丝成皓蓬。
春日融融知我意，江山无限夕阳红。

（二）

闲坐思君亦自卑，春来冬去万物摧。
早知音绝关河冷，迟悔传书致峨眉。
漫漫天涯归路远，潇潇春雨草芳菲。
百年易过真情在，裁剪春光入画帷。

七律·无题

（一九六零年于零陵）

悄然独坐对黄昏，满眼凄凉云霭横。
已觉金风悲旧梦，何堪鼓角泣孤灯。
相思切切伊人面，归梦依依月夜魂。
检点来鸿拭我泪，清辉满槛见霜痕。

七律·除夕

（一九六零年）

九州一岁动风雷，利剑常磨岂自哀。
宇内惊天龙蛇动，乾坤转地霾云开。
梅英倾放千愁尽，爆竹声催万喜来。
已透春风消息至，何愁残雪拥吾阶。

七律·春游戏作

春回大地庆复苏，却看冰霜化有无。
暂把豪情写山水，权将傲骨寄江湖。
文章笑骂皆因酒，老马纵横岂识途。
歪斜南冠君莫笑，且当落魄楚狂徒。

七律·山川抒怀

（一九六零年）

衫鬓两青出渝州，澄江碧练万山秋。
且将笔墨写闾尾，莫盼文章作状头。
云低方知黄鹤近，浪洄始觉蜀山悠。
明朝更上岳峰顶，吴楚云烟一望收。

七律三首·除夕寄家

（于零陵富家桥）

（一）

正是团圆元夜时，寒梅小院发高枝。
传杯欢叙天伦乐，酬唱喜吟老父诗。
慈母烹鱼呈赪尾，儿孙合唱拜年词。
只因风雪阻归雁，莫怪儿书偏到迟。

（二）

潇湘风雪忆红墙，冰芯迎春小院香。
绿酒开怀送旧梦，碧桃藏笑待春光。
团圆何用黄封酒①，解醉定须圆妹②汤。
席上杯盘须仔细，但防宁宇③手儿长。

注①：黄封酒，酒名，宋代官酿之酒，因用黄罗帕或黄纸封口，故名。

注②：其时作者最小的圆妹，已能帮助母亲下厨了。

注③：宁宇为作者二姐运明之长子，幼时住在外婆家。

（三）

寒梅因醉作桃红，杯酒临风明月中。
一曲碧天歌浩渺，十年萍水叹相逢。
挥毫莫叹少年白，落魄尤思万世雄。
长铗高吟知吾意，春雷动地唤蛟龙。

七律二首·中秋感怀

（一九六一年）

（一）

桂子飘香入梦来，帘栊寂寞独登台。
金风满院琴三叠，玉露盈阶酒一杯。
月影相思空对影，蛩吟归意徒增哀。
谁怜我为蓉花瘦，犹记庭前带笑开。

（二）

清晖云淡洗晴空，琴剑飘零独向东。
桂影魄寒乡梦里，花荫露冷月明中。
风霜满鬓怜秋菊，萍迹随波类转蓬。
何怨广寒云色冷，婵娟凄寂与人同。

七律四首·元日偶至富家桥

余一九六一年春节与翟子树等结伴野游，信步至富家桥。闻有古洞一窟，成之天然，宏伟非常。其处名曰：澹岩。盖一半球，拱三大窟，天光透入，可容数千余人。残碑石壁上，刻唐宋以来游人骚客诗词，模糊可辨。据当地人告，旧时洞旁有古寺一座，香火颇盛，但为战火所焚，寒鸦数点，野雾横空，满目萧瑟。特以数律记之。

（一）

元日偶至富家桥，平楚色衰万物凋。
澹岩无闻却胜景，残碑烟火认前朝。
寒风满洞鸣千古，迷雾横山锁万蒿。
休道桃园能避世，而今只剩壁萧条。

（二）

谁个手中开宇宙，想来洞内有乾坤。
清风幽竹涤俗虑，皓月苍松伴青灯。
萧寺无存山瑟瑟，澹岩空在草毡毡。
百年多少兴亡事，只合更倾酒一樽。

（三）

关山失色起云烟，谁料洞中别有天。
刘子开颜逢胜景，翟郎拍额认桃源。
金风吹破秦人梦，皮鼓惊开洞底天。
莫道腹饥失佳趣①，千年题迹尚依然。

注①：一九六一年为“大饥荒”时期，故有“腹饥失佳趣”之语。

（四）

石窟一线透天光，幽谷空山世杳茫。
初见深洞成宇宙，依稀残碑叹兴亡。
悲欢离合均如梦，喜笑怒嘲皆文章。
指点前朝风月处，数声雀噪唤彷徨。

七律二首·双牌夜宿

（一）

一灯如豆思悄然，寅夜潇江拍岸暄。
满报诗情情入梦，万星绕月月中天。
心牵两地觉风紧，梦过重山见月圆。
田野霜华诗袖冷，晨辉欲曙落窗前。

（二）

枕上春风夜夜潮，水天淡月如眉梢。
浓妆素扮云和雾，轻唱低吟笛与箫。
天外疏星悬归意，竹中梅影带霜娇。
江湖处处皆春色，犹记芙蓉含笑飘。

七律·无题

山前楼阁伴夕阳，万里云山入杳茫。
琴剑孑然思蜀土，春光明媚遍潇湘。
有书难投囊羞涩，无语梦幽锁暗香。
寄语归鸿何太急，佳音须待痴刘郎。

七律·夜读

（一九六四年）

秋风月夜临西窗，十载诗书觉杳茫。
苦读三更何寂寞，愁思四载倍凄凉。
千层云影叠归梦，万种光华照故乡。
吟得嫦娥常探问，春光何夜降红墙。

七律·游双牌水电站

（一九六一年）

一堤横空作砥柱，千寻飞瀑卷狂澜。
谷中风雨从呼唤，水下鱼龙听指宣。
双手擘开成宇宙，满怀巧意改河川。
双牌从此成福地，笑看电杆列山前。

七律三首·武侯祠怀古

（一）

雨后祠堂古柏青，武侯殿下草通灵。
飞檐铁马含悲语，隔叶黄鹂啼汉音。
万古云霄惟两表，千秋仰首叹三分。
我来细雨潇潇下，散入苍松掩暮云。

（二）

君侯三顾叩柴门，高卧隆中厌世纷。
涤尽丹心观万象，磨穿紫砚论乾坤。
江山一对分经纬，大汉千秋吊国魂。
展拜先生增感慨，苍松暮雨映台痕。

（三）

名垂宇宙仰高风，乱世风云起卧龙。
羽扇轻摇兴大汉，东风一夜定三雄。
关侯失计悲赤马，诸葛孤忠贯碧穹。
自古兴亡多少事，江山何处不蒿蓬。

七律·次韵父诗“感怀”

（一九六二年侍父返新都故里）

春风伴父携儿归，身外浮名是与非。
荒冢更生原上草，丹心犹念首阳薇。
关侯庙内松何在，搭水桥边夕照微。
穿柳问津迷昔路，斜风送燕带雏飞。

七律三首·别家

（一九六二年）

（一）

蓉城握别隐愁丝，情系征帆带泪辞。
白发高堂期重望，风尘儿辈应深思。
关山圆月孤灯梦，秋水洞庭夜雨时。
凭借春风临小巷，来鸿去燕好传诗。

（二）

去是无情离恨悠，天涯游子厌扁舟。
潇湘夜雨湿孤雁，峡口清风对晚愁。
莫教青灯常作伴，每因归梦独登楼。
春风再度江南岸，敢教文章作状头。

（三）

只寻冠冕去天涯，处处江湖漫作家。
曾为聪明披雨露，敢将来岁换光华。
洞庭碧浪征帆远，花市红墙梦影赊。
别后孤鸿常眷念，门庭古树早开花。

七律五首·岳阳楼怀古

（一九六三年）

（一）

槛底云烟千古同，漫将诗酒对春风。
三年漂泊思蜀土，百代兴亡逝向东。
水阔波喧歌壮志，柳柔烟媚咏从容。
月明湖上渔歌起，且伴涛声入梦中。

（二）

飘然琴剑遍潇湘，梦里涛声下岳阳。
爽气西来楼百载，大江东去诗千行。
浮名身外囊萧瑟，山色云间世杳茫。
忧国范公[①]今已矣，于今谁个识文章。

注①：忧国范公，指范仲淹在《岳阳楼记》中所云：先天下之忧而忧，后天下之乐而乐。

（三）

千古高风说此楼，湖光山色片帆悠。
吕仙三醉谁知我，范相一文识此州。
浪迹江湖多客梦，登临楼阁添新愁。
何须诗酒歌当世，亘古兴亡一眼收。

（四）

昨夜伊人入梦来，楼台烟雨一时开。
碧波轻浪歌往事，皓月银沙忆宇梅。
湖上星辉知我意，槛前柳影动诗怀。
新诗半纸争新韵，月移孤桐上玉阶。

（五）

岳阳楼下水波喧，直挂云帆破雾烟。
风送客船三万里，楼迎游子百千年。
新诗赋得洞庭浪，幽梦入来水上仙。
翠羽凌风归去也，何愁霜月满寒天。

七律三首·咏草堂

（一九六三年仲夏偕父游草堂，父命作律诗以记之）

（一）

三春过尽我才来，满园浓荫绿映苔。
风过疏林传雀噪，蝉鸣高柳发歌哀。
一生潦倒伤贫病，千古诗名垂大才。
百代草堂萧瑟处，红门今日向阳开。

（二）

迤逦红墙一径斜，老树修竹映流霞。
长廊九曲景千叠，高阁三横气倍加。
对酒放歌诗意远，登楼独叹故情赊。
千载草堂传盛世，争仰诗贤路满车。

（三）

草堂孤影夕阳遥，鸟语轻声自转娇。
河底鱼游翻细浪，岸头沙软浣花潮。
玄玄老父谈今古，亲亲家母说闲聊。
遥指来时家去路，暮霭相依万里桥。

七律二首·返蓉归途

（一九七三年）

（一）

芙蓉国里忆芙蓉，山色空蒙烟雨中。
岳麓枫红鸠唤雨，草堂梅冷鸟呼风。
洲头橘满帆偏白，楼下波回雾转浓。
一路欢歌闻乡语，人生湖海几相逢。

（二）

三湘风雨亦潇潇，辄忆月明十二桥。
锦水催春常伴梦，诗怀未冷鬓如蒿。
峰名回雁乡愁远，雨带芙蓉客意娇。
万里长风归去也，江山无处不妖娆。

七律·望江楼

（一九七三年）

望江千古说风流，柳绿长堤小径幽。
凤尾森森期夜月，龙吟细细伴诗楼。
波澜井底舒红袖，冰雪笺头裁素秋。
一自诗魂香断后，波光楼影两悠悠。

七律·重回二中[1]有感

（一九七三年）

门前老树仍如旧，已过春光不可寻。
三载青灯人寂寞，十年风雨友凋零。
寒窗半夜凭青史，萤火三更绕素心。
犹有少年豪气在，何愁湖海少知音。

注①：作者少年时期就读于成都第二中学，即树德中学。

七律·湘江之旅

十里涛声伴我行，银沙碧浪踏歌轻。
烟波水阔觉潮静，江岸风清待月升。
自是逍遥须纵酒，由他漂泊任平生。
江帆已载夕阳去，松柳招摇一岸青。

七律·惜别

（一九七三年辞别父母兄妹离蓉返湘）

离情化缆系征帆，怕隔关山唱杜鹃。
执手相看伤泪眼，回头频望恋家园。
乘风又去作湘客，揾泪无复见蜀川。
无限江山争展现，清风白月望乡关。

七律二首·总理逝世有感

（时在武汉）

（一）

龟蛇难锁大江流，澎湃东归不转头。
涛卷鱼龙春汛淼，帆惊星月楚江悠。
云横巫峡拥归梦，桥卧烟波望庾楼。
灯火楼船空怅望，飞吟诗句为谁留。

（二）

龟蛇衔卧架长桥，桥拥风云觉浪高。
鹦鹉千年衣绿绿，黄鹤一去雨潇潇。
长江万里奔如箭，武汉三城势若潮。
灯火繁星抑不住，刈尽浮云月如刀。

七律四首·旅途感怀

（一）

潇湘风雨梦红原，原上[1]雪飞处泰然。
明月星辉归路远，枯藤春茂雁来先。
鹡鸰声咽伤孤影，诗稿焚灰断十年。
笔底波涛悲白发，韶光易过如云烟。

注①：“文革”中，作者之三弟运勇分配至红原工作，幺妹运蓉赴红原当知青。

（二）

高楼烟雨望云西，独宿边关梦铁骑。
塞外金风吹白发，夜阑灯影对青衣。
早知秋色衰如是，莫把春心研若泥。
最是伤情枯叶扫，江南依旧绿满堤。

（三）

嘉陵帆送月当头，慢踏轻歌遣小愁。
风送槐香君伴我，云托雁影侬知秋。
花落叶茂经霜露，浪去涛来任淹留。
廿载圆缺悲岁月，西风为伴独登楼。

（四）

分袂渝州红叶催，江山待得几人回。
千顷碧浪随君去，万重关山锁余悲。
水榭楼台谈亘古，月抱倩影吐蓓蕾。
而今留有相思在，满纸柔情总是灰。

七律二首·昨夜仙鹤来后亭

一九九四年，小女乔迁劳伦斯河畔新居，其后院水天一色，绿树环抱，鸟语花香，龟鹤同栖，赋诗二首以赠。

（一）

昨夜仙鹤来后亭，相依明月影娉婷。
红冠翘立呈祥瑞，绿树环抱入画屏。
夕照春晖春烂漫，轻风浪暖浪馨宁。
安家北国无憾事，鹤自凌风万里程。

（二）

相伴劳伦筑小巢，春风化雨夜吹箫。
冰消水暖野塘绿，雪化花繁万树摇。
戏水鸳鸯情唧唧，闹枝喜鹊语娇娇。
何须驱车游旷远，日弄扁舟夜听潮。

七律·感怀

（一九八八年秋）

关山夜月正秋风，怅望征程类转蓬。
白发有年披战挂，青峰经岁负苍龙。
湖湘古道皆烂漫，云梦烟波俱淼空。
当年奋笔磨端砚，青衫仍伴万卷中。

七律二首·赠才聪君遣怀

（一）

出蜀当年万事空，行吟泽畔屈贾同。
每逢诗友黄花里，共叙直言皓月中。

大事君堪当重任，小诗言志若长虹。
登临莫叹空日月，不向南屏听晚钟。

（二）

余已六十君过半，春风诗酒结忘年。
急流勇退人知命，长路急行雀噪蝉。
云梦碧天天远大，岳麓秋月月常圆。
催诗秉烛酬知己，天外夕阳别有天。

（四）词

满江红·侍父返新都故里扫墓

（一九六二年）

搭水桥边，竹影里，春风皓月，四十载前从戎志，壮怀决绝。去日风云功业杳，经年梦影楚天阔，到而今策杖携儿归，鬓霜白。

儿祖墓，空石碣，旧台馆，寒烟没，看迷离荒草，幼蝉凄切。昔日溪头拾野菌，今朝举酒叹白发，且更待春雨绿关山，苍松碧。

忆江南·题运勇弟临摹宋《烟江叠嶂图》

（一）

烟浪涌，千里水向东，涛卷多少英雄泪。夜来江寒潇潇风，横雾叠长空。

（二）

烟波寒，两岸叠高峰，日暮浪湍多云雨。映江渔火雾朦胧，江心夜凉重。

破阵子·晓过简阳

（一九五八年）

夜雨急催游子，凉风暗送乡愁。独叹年华十数载，梦断三更冷似秋，大江带雨流。

述怀怕追往事，对酒怎得消忧。无语凭窗山水过，欲曙微明客路悠，雾寒锁简州。

满庭芳·寄友人曾宪林[①]

（一九六零年三月四日春节前夕）

帘外风寒，窗前雨冷，客梦断三更，梦残思乱，彻夜听江声。独坐寒窗雨夜，西窗下，竹颤松惊！嘉陵浪，婉吟低唱，惹得百愁生。

深情怀念里，浮云翠习习，随水青萍。恨关山纵横，连月无音，别后频传数信，然渺渺，难解何因？今唯有，临风一阕，遥祝君安平！

注①：曾宪林，作者高中好友，亦在“反右”中受冲击。

临江仙·细雨燕飞

（一九六三年春出差，困双牌路口，终日独守小楼，成一词以记之）

细雨燕飞临小阁，杏花春梦蓉州，醒来添却万般愁，拍栏思渺渺，潇江浪悠悠。

二十余年如一梦，剑琴随伴飘游，功名白首逝东流，月明烟波里，还我一归舟。

长相思·明月光

明月光，明月光，月照客船是他乡，水长愁更长。

天茫茫，水茫茫，默对烟江夜色凉，短笛弄彷徨。

现代诗作

灵魂上的母亲

（一九五一年十一月三十日）

秋将已过去，
寒风又染黄了绿叶，
冬将要到来，
诗人脸上显出了憔悴，
在这凄凉寂寞的时候，
我不知洒下了多少泪水，
在这一年过去的时候，
我不知增添了多少忧虑。
潦水将已荡尽，
秋容又将消退，
灵魂的红叶一片片的飘荡，
然而这神奇之秋神，
却没有将我的灵魂淹没。
在什么时候，
初春之燕给我带来新生之性，
使我的灵魂不再悲鸣，
可爱的嫩芽才穿出厚黑的土地，
秀丽的花才钻过荆棘的刺篱，
凄凉的秋风吹过旧时的树林，
缠绵的冷雨洒满熟识的路径，

拨开丛丛的枯藤，
看一看灵感的塔顶，
虽是一片蒙蒙的秋雾，
还是看得出尖顶的断痕……

在这垂泣的秋天里，
我已寻到了知己！
在这初冬的晨雾里，
心事的水又凝成了寒冰，
一泓绿意的水，
一杯明净的水，
向何处去倾泻，
吐出了尘封的往事！
冬夜更加浓密，
寒风迭起了帷幕的褶皱，
人们在幽奇美丽的梦忆里。
不知我的心在灵魂之母的心中，
读倦刚欲垂书，
双眼已觉朦胧，
你虽不在身旁，
但一阵兰馨的香，
透进了我的心中……
窗外灰蓝的天，
望去好似初晓，
凄凉的月光洒在地上，
又恰似深夜的寒霜，
我驶着青春的金船，

向新月驰去，
银色的月光对着我，
低头一看，
在月儿未坠的时候，
群山皆已凝固，
迎头一望：
遥远的星空在闪闪发光，
金船荡漾在月霞的海洋，
素月渐落，初霞渐升，
迷蒙里又现出一颗闪亮的曙星。

万籁俱寂的夜里，
又呈现出了一连串美丽的幻景，
啊！我的灵魂的母亲，
我领悟了你的全部的爱！
我的心，我的灵魂，
沐浴着你的光辉，
我仿佛听见了她在对我说：
努力吧！时代在等待着你！

题运勇画《君士坦丁堡的大寺院》

吾弟运勇自幼钟情于古代宫殿及寺庙建筑绘画，一九五六年夏被教育局保送升入成都七中读高中，长夏习字作画，吾自“重大”返蓉度假，见画作，赞赏之余，欣然题诗一首。

亚细亚的热风
亚细亚的白云
白云亲吻着大寺院的塔顶
热风吹荡起土耳其狂暴的激情

亚细亚的朝阳
亚细亚的圣城
圣城被拂晓的钟声惊醒
朝阳将带来土耳其金色的黎明

题运勇画：紫色的凤仙花

紫色的花朵
绿色的叶
丛丛的凤仙花啊
弄着夜月
青色的雾啊
蓝色的夜
美丽的凤仙花啊
永不凋谢

小路

嘉陵江边的小路
是那样短，又是那样长
他们结伴走去
没有忧伤
也没有彷徨
路上洒满幸福的月光

嘉陵江边的小路
是那样短，又是那样长
他们艰辛地走去
充满迷茫
再不能相望
到相会的地点
已度过四十年的时光

嘉陵江边的小路
是那样短，又是那样长
他们的心相伴走去
顺着温柔的夕阳
也顺着春风浩荡
小路，愈走愈长
那小路原来是
原来是
天长地久
地久天长

村旁的溪水绿了

村旁的溪水绿了
碧柳吻着蓝天
蓝天闪着笑脸
是啊，村旁的溪水绿了

晴天，你走下溪畔
挥动衣襟
溅起朵朵花瓣
傍晚，你走过桥边
是明月
把歌声和银光停在水面

风，动着丛柳
星，闪着醉眼
是啊，村旁的溪水绿了
你，随着东风的足迹

把这村庄走遍
为了看见你绿色的身影
我逐走了寂寞，怀着梦想
倾听着你的呼唤

你看啊
白云飘过水面

绿水似在云间
我，随着你的歌声
来到溪畔
掬一口绿水
像喝醉了美酒
仿佛，仿佛你迷人的
笑靥又在水中出现
是啊，村旁的溪水绿了
绿得像你美丽的
闪动着的裙边

雾

薄雾荡在河面
溪水流过小桥
露水沾湿了双足
是我悄悄地来了

我踏破月色走来
你是否在将我等待
我带来温柔的幻梦
要轻轻度入你的胸怀

你记得花溪的波浪
小船儿荡着双桨
你记得岩边的高歌
满披着一身星光

帷外飘着夜风
屋内炉火正红
我们围炉坐着
畅谈着幻想和梦

啊，我独自无言疾走
往事充满心头

我带来满是欢乐
不是那忧伤烦愁

我悄悄地已经到来
你正守着窗儿等待
快给我希望的钥匙
把幸福的门儿打开

薄雾荡在河面
溪水流过小桥
露水沾湿了双足
是我悄悄地来了

夜

（一九五八年）

在一九五七年“反右”中，吾在重庆大学上学时，受到了人生第一场暴风雨的袭击，这给我的人生之路埋下了一个长达数年的苦果，直至一九七九年正式平反。一九六三年此诗词由吾妻宇梅谱写成歌曲，教家中弟妹们吟唱，吾弟运勇则译成俄文寄给了苏联朋友柳德米娜。

秋风和夜凉悄悄袭来
明月把我的窗门敲开
我对着温柔的白云
为什么，为什么你漂浮得这般轻快

透明的夜像慈母的胸怀
她拥抱着我
把我的心魂抚爱
我忘掉了可悲的寂寞
但愿这，但愿这平安的宁静永在

远方

树荫下闪着灯光
四周像梦一般安详
我们在夜的怀抱里
倾谈着迷人的幻想

是湖水在轻轻回响
是桃花在悄悄开放
是燕儿在扑动翅膀
啊！不
是我们心弦柔和的交响
随着温暖的春风送向远方
远方？远方的灯火这样明亮
像幸福的星辉在招手
又像绚丽的朝阳

远航

淡蓝色的雾消失了
你，碧色的纽带
在朝霞里闪光
啊！湘江
你展开温柔的面孔
是那样沉静安详
波影里泛着春光
摧动着我理想的帆儿远航

随着你召唤的浪声
把未来探望

啊，湘江
愿我胸中的激情
像你一样
像你一样浩渺久长

赠宇梅《梦》

（一九六三年初春）

东风卷过残雪，
是温暖的静悄悄的夜，
红梅啊，你临窗怒放，
唤来满园春色！

拂走了冬天的寂寞，
抱着无言的往事，
对着炉火，
是谁用柔美的旋律，
激荡起我的满怀欢乐！
明月下花影闪动，
花荫中薄雾轻笼，
我们有多少个日子，
怀抱着蔷薇色的梦……

啊！梦？
像湘江的碧波浩渺无踪，
啊！梦？
像窗前的寒梅秀丽绯红，
我默默地望着云彩，
你可是正藏在月中……

明月的纯洁，
星星的天真，
春风的柔情，
湖水的浪声，
都深深充满我久渴的心灵，
在祝贺她重获新生！

春曲

（一九六三年春）

拨开了冬天的云雾，
你看啊，梅英飘舞！
燕儿掠过窗前，
桃花笑颜绯红，
细柳回眸碧绿！
让我们静静地，静静地，
听黄莺儿鸣奏春曲……

啊，梅英飘舞！
冰霜消融无处，
一冬的严寒，
一冬的沉郁，
如今是春光满路！

田野在开怀放声欢笑，
你听啊，春风喧潮！
云雀飞过山前，

春雨轻细如帘，
红杏迎风招展！
让我们静静地，静静地，

听枝头春意欢闹……

啊，田野欢笑！
春风抚爱麦苗，
一年的收获，
一年的辛劳，
只有春，最早知道！

我怎能把话儿告诉你（歌词）

（一九六三年）

大病之后，退归田园，抒怀写意，妙手偶得。

树影下透过幸福的星辉
堤边的细柳低垂
我默坐在你的身旁
明月下波声轻微……

团圆的月儿像你的笑容
如纱的云雾在你身旁飘动
你仿佛从天上出现
是真实，还是幻梦

我觉得四周如梦
但现在确非梦中
透过苍茫的夜色
你像明月一样的安静、从容

你看那湖心的波影荡漾
我心儿在不住地彷徨
我怎好向你开口

是幸福还是慌张

树叶儿沙沙细语
是轻风给她勇气
可是我怎能向你表达
把话儿告诉与你……

散文

蒙特利尔的秋天

在秋日将尽的日子里，我却留念起蒙特利尔的秋天来了。蒙城没有春天，她真是“春宵苦短”。但蒙城却有令人销魂的秋天，而且她还有秋天里的春天。

入秋以来，秋日并不全是秋高气爽，它有时艳阳妩媚，薄雾如纱。碧草仍旧如茵，鲜花依依可人。无论你身处闹市，家居郊野，或者徘徊街头，漫步林中，你都会闻到淡淡的似乎是春的气息。阳光遍地，却没有残夏的燥热，和风吹拂，只觉得全身暖暖的、懒懒的。她有时又淅淅沥沥地飘着细雨。蒙城人不怕雨，打伞的很少。他们往往踱步雨中，悠然又安详。有时也会见到年轻的妈妈们竟坐在雨后的花坛边聊天，似乎在替儿女们相互述说推销学校巧克力或洗洁液的战况。有时也会见那些大学生们在雨中奔跑，背着背包，一步一个脚印走着，稳重而诚实地丈量着今后生活的路程。

一提到秋天，当然就会想起枫叶，就会联想起诗题红叶吧！

在加拿大，在蒙城，秋是和谐的，自然是和谐的，人与自然也是和谐的。但今年的蒙城却是多么的遥远……这留待人们在冬天去沉思吧！英国诗人雪莱创作的《西风颂》中的一句诗说得好：

“如果冬天来了，春天还会远吗？”

口味的风波

中国和法国这两个美食国家，不管自觉不自觉，从小就对儿童进行颇为专业的味觉“训练”，用各种美味来刺激他们小舌头的味蕾。法国的老乡们好像也是从天上吃到地下，从肉食吃到软体，从草根吃到树皮，至于法国老乡怎样训练宝宝的味蕾，休闲品味大师彼得·梅尔作了非常精彩的描述。但他们怎么也抵不住我们的煎、炒、炖、烤、卤、蒸、闷、涮、凉，怎么也抵不住我们的八大菜系再加满汉全席！于是问题就来了，这些在北美的年轻的中国移民，为加拿大造就了精英宝宝，他们希望宝宝们能全方位融入这个社会，当然也包括他们的口味，但这些未来精英们的中国爷爷奶奶、外公外婆，总是遵从古训，用各种中国美味来培养这些宝宝的味觉，为加国造就美食家人才。

我的侄女的儿子，幼童英才，这小子在北方的奶奶和南方的外婆精心调教下，终于成为可造之才！进幼儿园后，居然拒绝享用幼儿园的中餐，被令其限期改正：“为健康计，若再不享用本园之伙食，将有退学之后果！”于是家中又爆发了第N次口味大战，年轻妈妈要求老妈妈立即改正，老妈妈则要求年轻妈妈亲自上阵。经过埋怨、争吵、谈判、协商与妥协，一套应急方案终于出台。言必信，行必果，结果这小子又经受了另一次强化口味培训，现在大概已练得“味贯中西”了。据说进步神速，再也不说奶酪有馊味，或者吃了生菜要闹肚子，吃了土豆要胀气之类的怪话了。

另外尚有一例。我朋友的千金D小姐与加拿大一英俊青年共结连理。该青年之父亲是令人尊敬的，参加过二战的英国飞行员。他们婚后不久即喜得千金。该青年又是独子，洋奶奶对孙女疼爱有加，自不必说口味的训练、食品的搭配、伙食的调理，当然是全盘西化啦！但注意，这位尊敬的老太太是英籍的。法国美食家对英国烹饪时有讥讽，他们讲：英国人杀宰羔羊要进行两次操作。第一次取其性命，第二次烹饪时夺其美味。于是这位娇孙女在洋奶奶的口味调教下度过了十三个月。第十四个月，D小姐带着娇女回中国看望外公外婆。当然D小姐随身带了一大堆正宗的幼儿食品，并亲自操作，以防小千金意外感染口味不纯事件。但只过两三次，这位小千金竟用小舌头将美国米粉呀、罐装蔬菜呀，统统拒之于国门之外。于是风云突变，一时口味风波又起。细查之，原来外婆看了小千金的洋伙食之后，颇觉这小妞可怜。趁女儿外出会友之机，用什么鲜鱼葱汤呀，菠菜肉泥粥呀，鲜肉泥蒸蛋呀，虾仁白菜泥呀，来慰劳这位远渡重洋来认亲的小老外。于是经过争吵、谈判，D小姐无可奈何，因这小老外的小舌头相当坚决，除了外婆的伙食外一概拒绝。小千金回家后，洋奶奶对小孙女的背叛颇不以为然，但也无奈，只有“而今迈步从头越”了！现在这位小千金的口味也训练得有如她的美貌，中西合璧，成为加国美女与跨国美食家之材。

现在却轮到我家了。女儿认为历史的经验值得注意，首先得从改造入手，才能保证避免口味风波。我们到达蒙城第二天，就开始接受口味的强化培训，让我们吃洋味，上洋餐馆，看洋菜谱，买洋蔬菜，用洋调料，烹洋菜肴，做洋蛋糕，烤洋面包……总之，我们也逐渐变得“味适四海”了！一小块浸润着橄榄油的乳酪，餐前的开味腌橄榄，拌上海式或意式酱的生菜，黄油煎的土豆片儿，抹上黄油的烤面包片儿，一掰开就起丝的比萨饼儿，撒上乳酪的意式海鲜面儿，浇上浓汁的烤小羊排儿……都变成了我们的美味食品。此外，我们还练成了烹洋菜，做蛋糕面包的本领。诚如孔老夫子所言：“食不厌精，脍不厌细”，左右开弓，味贯中西，岂不快哉乐也！

饮食的口味是什么？用时髦的话谓之为饮食文化。加国是多元文化的国家，拥有各国美味。我们何不也训练味蕾，顺势来个多元化，岂不就可以大快朵颐，享受上天赐予人间之口福了！

雁南飞

在秋天清冷的碧空里，常常见到一排排雁阵向南飞去，这也构成了加拿大秋天的一道亮丽的风景线。目送大雁南去，思绪也随之浮动起来。北美的大雁飞去何处？又从何处而返？在中国，雁回有峰，此峰名“回雁峰”，就在湖南衡阳市，十几年前我曾去过。此峰并不高峻，原在城市边缘地带，想来现已位居城中了。沿山而上数百尺，即见巨岩斜卧，其上镌刻“回雁峰”三个大字。自古传言北来南归的大雁，飞之至此，已是春暖花开，又将北回，故初唐四杰之一的王勃在他的名篇《滕王阁序》中说“雁阵惊寒，声断衡阳之浦”，足见此传说已很久远，堪称国故了！

至于北美加拿大的大雁们秋归何处？又回雁何峰？一经查阅才知这些移民们是在加拿大北部度过春夏。那儿春江水暖，草美鱼肥，易于谋生，且又宁静祥和，风光秀丽，雁儿们可罗曼蒂克地繁衍生息。每当秋季来临，他们又拖儿带女向南迁徙。飞行速度每小时 30—60 公里，雁群平均有 100 只左右，最多甚至可达 1000 只。飞行高度一般为数百英尺。若天气晴好，心情愉快，还有可达数千英尺者。北美的大雁与中国的大雁有共同的习性，偏爱人字形雁阵。她们的“回雁峰”在墨西哥北部，至于是何城何峰，那就考证不详了。

在灯下家人们正谈起在雁南飞的种种趣事。门铃响了，开门一看是女儿、女婿圈子内的朋友，Q、H 夫妻双双来访。

归座后，言称是来辞行的。他们在美国找到了工作，即将迁居南下。房子将委托中介出售。女儿、女婿邀请他们来家一聚，虽不是长亭送别，灞桥折柳，但也可卡拉OK一番，以壮行色！来者说不敢惊动，但女儿、女婿坚持搞一派对，并且还说："还有J与Y呢，他们也即将去美，我们大家何不趁此热闹一番！"

性急的女儿立即就拿起电话与J、Y联系。于是聚会就定了下来，为了这次聚会，按女儿安排，我与老伴着实张罗一番，还烧了几个拿手的家乡菜。

聚会那天，年轻人吃得好，玩得好。饭后他们卡拉OK，引吭高歌，唱了很多中国、加拿大和美国歌曲。唱完歌后，饮茶润喉，谈起天来，谈话不久就自然转到他们去美国的事情。首先是Q讲起这件事："其实我非常喜欢蒙特利尔，在这里我们得到了学位，又工作了这么些年。她好像是我们的第二故乡，真是对她很有感情呐！"

他啜了一口茶："所以我们买了房，还精心地把后院布置一番。在这里，我们惬意地生活过；在这里，我们经过了这么多的风霜雨雪，逐渐成熟了；在这里，我们奉献我们的才智，也享受着牧歌式、田园般的生活……但为了生计和事业，我们即将告别这里南飞啦！"

我边听边想，据我所知Q君原是学数学的，今晚为何竟如此抒情起来？但Q君口气突然一转，变得颇为兴奋起来，好像在表述集合论的一个定理"人生有两个集合：过去和未来。梦属于过去而追求属于未来。"最后他竟吟诵起来："追求后，我等是否又会回到梦的集合，唱起《归去来》！"

大家禁不住鼓起掌来，J君站起身来，双手向左右潇洒的一摊："'路漫漫其修远兮，吾将上下而求索！'按照Q君定理，先贤屈原应是属于未来了。”

J君一副博士派头：“我也是未来型的，始终崇尚追求。追求就是力量，我们南下完全是为了某种追求与探索。其实我们也是非常喜欢这里，这里人们的生活方式与我的故乡相似，悠闲自在，我故乡人的生活像锦江水一样曲折而闲静。这里人们的生活就像她的劳伦斯河一样宽阔而悠缓，一旦离开她，常常会勾起我对她的怀念。”

谈着谈着，夜渐深了，客人们起身告辞。出得门来，外面皓月中天，清辉遍地。送至车道，互道珍重。

他们的车灯在拐弯处消失后，家人们才进屋去。我留在台阶上点燃一支烟：他们是大雁，又不是。

如今的世界对大雁而言依然是那么辽阔，但对人类而言却愈来愈小了。它像一片美丽的营地，人生可到处安营扎寨！也许他们还会回来，回到这梦幻般的集合里来。我觉得一阵轻寒袭来，真是“天阶夜色凉如水”啊！

圣诞与过年

“圣诞节的主角是谁？当然是圣诞老人啦。你看他老人家多忙，年年值班。不像我们过年，啊！也叫过春节吧。主角轮流转，今年天狗值班。年三十是两个主持人，金猪与天狗联袂登场，除夕交班。明年就该金猪当班啦。你看多潇洒！”

“No！你就有所不知。我们圣诞老人有好几个呢。有个叫 Father Christmas，英国人。一个叫 St.Nicholas，北美人。一个叫 Peter Noel，说法语。LaBefena 讲意大利话。还有 Chris Kind 住在日内瓦……还有好几个呢。小心一点，别顽皮，他老人家还有助手，有一个本子，专记小孩的表现，恶劣的要打几板子！表现好的就送大礼！ Blac kPeter，Pelzbock 他们就管这事儿。”

“那今年谁当班？”

“上帝安排呗！反正他们都长得一样，红鼻子，大胖子，白胡子，披红氅子，穿红衣红裤子，系黑腰带子，登红靴子，还有梅花鹿子，抱着雪橇子，带上好多礼品盒子！”

“你们圣诞挂彩灯，我们贴门神，贴对子，挂灯笼子，放爆竹，好玩极了！门神门神扛大刀，大鬼小鬼进不来！”

“我们在万圣节就把魔鬼拦在外面啦！万圣节家家门口摆些假鬼，真魔鬼他们守规矩，讲个先来后到，噢！这里有鬼啦，走吧！我们就过个好圣诞，明年也全家平安。”

“那是不诚实！”

“那有什么，你们腊月二十三祭灶神，用麦芽糖做甜点，让灶神吃了，粘住嘴。第二天他上天去汇报，就不说你家的坏话，不同样是善意的幽默与技巧。不过那些糖可也真好吃！”

“我们过年，放爆竹，噼里啪啦，嘭！好玩极了，把那些妖魔鬼怪，歪风邪气，赶个精光！”

“好玩！好玩！不过是不是吵了一点？我们过圣诞讲究祥和、温馨与安静。讲究亲情、爱情和友情，全家吃过圣诞大餐后，互赠礼物，唱圣诞歌，轻声交谈。外面白雪飞絮，室内宁静安详，有味极了！”

“告诉你，我们也吃团圆饭，吃饭前，先祭祖宗，这叫寻根祭祖，追宗思源。再团团圆圆，和和美美，高高兴兴，欢欢喜喜吃年饭。年饭莱肴必须有整条鱼，但不准吃头和尾巴，有头有尾，这叫年年有鱼（余）。吃完年饭，大家围炉而坐，此时我们要向爷爷奶奶、外公外婆、爸爸妈妈各位长辈行礼辞岁，长辈们就给我们红纸包的压岁钱。封面写上吉祥祝福的话。睡觉时把它放在枕头下面，会保佑你吉祥如意，岁岁平安。再后，或玩游戏，或讲故事，或谈心，或作诗，或联句，或猜谜语，这叫围炉守岁，大家宁静祥和地等待新一年的第一天，新春的第一天，元月的第一天的到来。”

“你们过年真有趣。但是，我还是喜欢我们的圣诞树。它是伊甸园的乐园树，是生命之树，永恒之树哩！装饰圣诞树之前，我们全家要大扫除，圣诞树顶上有颗大星星，它就是引导三贤士去伯利恒找小耶稣的那颗明星。我们不发压岁钱，只送礼品。礼品堆在树下，或藏在树中。圣诞夜把长筒袜挂在壁炉上，第二天你会发现圣诞老人会把礼品塞满！”

“真的！我们过年前也要搞清洁卫生，浆衣洗被，这叫除尘，是古老传统。我们可没有圣诞树。但要插花——水仙花儿。花干用红纸束腰，美极了。除夕夜要打扫干净，初一不准倒垃圾，不准扫地。”

“我们圣诞节是帮助穷人的好机会，圣诞树的由来就有一个助人行善的动人故事。圣诞老人就是乐善好施、你慈祥助人的化身！我们为穷人募捐，为穷人提供圣诞礼物，为他们提供圣诞大餐。我们到医院做义工，到别人家去报佳音呢！耶稣降生了！要平安与世、善意与人啊！”

是啊，圣诞与春节是两个伟大的节日，圣诞体现了人与神的情结。体现了用神的奉献与牺牲的博大胸怀来荡涤自己灵魂，获得永生，与主同福，与主同在，祈望达到人与神、人与社会的和谐。中国的春节体现了人与生活的情结。为人、为家、为国、为民族向天祈福，为更美好的生活与未来向天祈福，永远憧憬与追求未来，这就是民族能千年常存，文明能千年承传的关键！

只要人类存在，文明传承，这两个节日将与人类永远相伴、永远相依、永远共存！

“ MERRY CHRISTMAS ! ”

“恭贺新禧，拜年，拜年！”

诚信与关爱
一个真实的小故事

我去美国德州达拉斯看姑父姑妈，据姑妈介绍，在达拉斯的一条街上，有家小有名气的女装店。周末有部分原价298元的女装减价出售，只卖98元。这家店女装的面料、款式俱佳，价位又合理，颇受职业女性的青睐。有这个好机会，我当然不会错过啦。明天正值周末，我决定去逛逛。

第二天当我赶到店里时，已有不少顾客，清一色是女性。Salesman领班是一位慈祥的老太太，正在和蔼可亲的接待着顾客。特价女装挂了两大排，我准备来一个快速扫描。忽然听见有熟悉的中国话，寻声望去，只见两位像是母女的中国人正在评品一套职业女套装。其中的母亲满头银发，慈眉善目，真像我母亲，一看就是个贤妻良母型。她手里拿了件套装叫女儿试试。我一看那件套装，的确很好，可能也正合我的身材。她女儿试穿出来，效果果然好。我心想，唉！晚来一步，可惜！

随后，她们拿着衣服去付款。那位老太太营业员（她又兼收银员）在电脑上敲了半天，只听她讲："对不起，没有这个货号，我得进去查对一下。"

这样，更引起我的兴趣，于是就更加留意起来。不久，那位老太太回来后，竟说："对不起，这件衣不打折，原价是298元。"

我心想，是啊！这件套装哪会打折呢？

“但是，按照本店的规矩，凡错标了价格的商品，一律只收一美分。”

“啊！”

我轻声叫了起来。老太太继续说：“因此，你们只需付一美分。”

中国老太太和她的女儿，一个用中国话，一个用英语异口同声说：“不，不，我们还是按99美元买吧！”

“不！我们只能收一美分。”老收银员坚定地说。

中国老太太为难的沉默了一下，对女儿讲：“你问她，这样做是否对她的工作会有影响？”女儿翻译后，那位老收银员微笑了一下：“不会的。不会对任何人有影响。”然后沉吟了一下说：“这样吧，如果你们肯帮忙，请再买一件，可以吗？”

“可以，可以，当然可以！”母女俩异口同声地答道。她又风趣地说：“希望这件不会再出错啦！”

接着女儿替她妈妈选了一件真丝套装，共付99元1美分。那位老收银员与她们亲切道别，当她们出店后，一位女孩来到收银老太太那里，轻声讲：“老板，这都是我的错。”

啊！原来她是老板！这位女老板也轻声地说：“要记住，经商就是做人，要诚信与认真，这是最基本的准则。”

那天，我也买到一件满意的套装。走出店外，对发生在眼前的这件小事竟难以释怀。我想，销售与购物者的行为，在商品经济高度文明化的今天，是相互诚信与关爱的行为，应该发扬光大！

回来，我把这事与姑父、姑妈讲后，姑父他老人家又之乎者也的感喟起来：“古云‘不信不立，不诚不行’，商道也！”

姑妈白了他一眼，用英语说道：“Honesty is best policy！（诚实是黄金法则）”我马上接过来说：“Love will find a way！（爱会指引方向）”。

邻 居

我们着实忙了几天，搬完了家，终于在新居中安顿下来。我们正准备对着风景如画的后院景色享用在新家的第一次早餐，突然一阵急促的门铃与敲门声使大家惊惶起来。女婿冲入门厅开了门。

“火！火！”一位中年先生用手一指喊道。

大家涌出门一看，原来我家左邻在搞改建，装满废料的铁箱起了火。火苗借风势向我家车库扑来。我们初来乍到，一时手足无措。

“打开车库门！接水管！”一位老先生威严地发出指令。

那位敲门的先生立刻跑过对街，拖来一条水管。女婿打开车库门，利落地接好水管，旋开龙头。一位青年抢上来，拾起水管就浇起水来。不知哪个好心人报了火警，救火车不久呼啸而来。几分钟后，火就被扑灭了。

我们就是这样“风风火火”地与邻居们见了面！

我们的新居坐落在圣劳伦斯河畔，后院有一片与河相通的湿地。现正值盛夏，湿地里红的、紫的野花正舒心的绽放。湿地后面是一片枫树林，若是在深秋季节，则又是一幅“枫林落木见寒江”的景色了。我家左邻尚未入住，右舍就是那位发号施令的老先生的寓所。自从那天以后，我们就熟悉起来，他要我管他叫老马。此公之先父系意大利移民，他本人是退休电子工程师，儿子在多伦多工作。隔篱望去，老马好像是一位专业农艺师，后院整治得真是碧草如茵，绿荫似盖，菜畦整齐，花果繁茂。每天上午或黄昏，我们在篱边闲聊，成了一大乐趣，河畔飘来凉风，阳光下绿树摇曳，四周鸟语声声，隔篱花香阵阵，真是惬意极了。用他的话来说："退休了，在圣劳伦斯河边要共享蒙特利尔的阳光与白雪。"

有天，我向他请教有关乳酪的问题。

"啊哈！我料到你会问这个问题。"

"是的，是的。"他夫人在旁好像是一位助教，不住地点头。看来此老决心对我进行专业培训，他从欧洲史前乳酪讲到罗马时代奶酪，从民间制作谈到现代工艺，那些生僻的单词与艰深的句子使我满头"芝士"，不知所云！看我一脸茫然，他叹口气说道："你必须先看书！"

"是的，是的。"助教也在旁强调。于是他立刻转身进屋，回来后，隔着篱笆递给我一本书："你先看这本，然后咱们再进行下一步程序。"那本书重约2磅，书名《THE CHEESE BIBLE》（奶酪圣经）总共256页，够我啃的了！

当我啃《THE CHEESE BIBLE》，弄得头昏脑涨时，看见对门拖水管的那位先生，剪完门前草坪，正在休息。这是交谈的最好时机。

"退休前你在中国干什么？"彼此寒暄一通后，他问我。

"电力工程师。"

"啊！我也是学电力的，我曾在美国通用电气公司工作了八年，我们是同行"。他立刻返身回家，出来手执一张名片递给我："我一生是在政府的航空安全监管部门。"

他乡遇同行，真是难逢知己，彼此谈得更开了。他告诉我他主要管飞机机电设备安全。他姐姐办了个公司，在广州做服装生意。为调查内蒙古飞机失事，他还到中国去了一段时间。他是个中国迷：“这次我去了杭州，西湖美极了！我们还参观了岳坟，岳飞是你们的民族英雄，我很敬佩。你讲讲岳飞是抵抗哪国的侵略？我始终没搞清楚，导游小姐讲得也不具体。”

“岳飞是宋朝的民族英雄，那是一千多年以前了，是抵抗金国……”

“金国？现在在哪里？”

“现在已不存在了……”

就我这点一知半解的历史知识，用中国话还说不清楚，何况还要用我那点可怜的英语。幸好西湖还没有张飞什么的，否则更是“张飞战岳飞，杀得满天飞”了！

之后的庭前交谈就转入专业了。

“中国现在最高的电压等级是多少？”

“100 万千伏”。

“啊！比加拿大的还高”。

“是的。加拿大是 75 万伏。”

“那设备呢？是进口？”此君又恢复了通用电气公司的职业精神。

“不，全是中国自己制造”。

“真的？了不起！”

对着落日的余晖，我们从水电、核电谈到风电，我真羡慕加国能源之丰富。闲谈中不知不觉天边的余晖淡了。远望过去，隔岸又是万家灯火……

他以交通能源专家的口气说道：“中国有十几亿人口，发展私家车是不明智的，应当大力发展公交系统。在能源、交通方面，两国有广阔的合作前景。”

最后他说："为了尽到对社会发展的责任，不论加拿大还是中国，我们都必须务实与远虑，你说是不？"

与他告别后，我的心中还回旋着这些话的余韵……

回家刚一进门，女儿就对我说："老马来电话，明天去超市购物，邀你与妈同搭他的车。"我想，肯定是现场教学开始了，满脑装着能源的我，又一头栽进乳酪里去了！

第二天，我们来到"IGA"，一进门，老马就领着我们直奔奶酪柜台，先绕台一周，然后才开讲："你知道，奶酪是健康食品。它可以按硬度分类，按牲畜的奶分类，按脂肪的含量分类……"

他介绍了哪种奶酪适合作面条酱，哪种适合下白酒，哪种适合制点心……那长绿霉的是羊奶酪，意大利的、法国的、瑞士的……那位助教始终在旁，不断强调："是的，是的。"同时用敬佩和爱慕的眼光看着她先生。我很难跟得上他的语速，他一再耐心，一再放慢，结果我仍然满头大汗！

讲完课后，我老伴与他夫人去买水果，二位老太太精挑细选，"oh！ Women！"老马手一摊，肩一耸，喊了一声，但还是过去帮忙挑选起来……

直到初冬，我们的左邻才住了进来。真是巧得很，女主人是女儿在MicGill大学的同学，一位娴静的中国姑娘。男主人是英俊的小伙子，爱尔兰裔，摄影记者，三十七岁左右，叫约翰。在一个周末，他俩请几个好友及我们全家吃晚饭。

左邻家里布置得简洁古朴，壁炉里跳荡着温馨的火苗，一架厚重的茶几，桌面用两根5英寸厚的木头拼成。墙上挂了一副印象派的大油画，色彩绚丽斑斓，题名"荷花"。

晚餐后大家围炉而坐，从后窗透过枫林望去，片片雪花落在圣劳伦斯河上，年轻人兴致勃勃地开始了炉边夜话。女主人和约翰的中国之行，谈到北京、上海，谈到她所见到的“几年没回去，发展得这样快，简直不可想象”！于是，大家谈得兴高采烈。约翰一言不发，灰蓝色的双眼显得更为深邃。后来他说话了：“谈论了中国的发展，谈加拿大吧。”对着炉火，他一边思索，一边开讲：“加拿大像英国，经济架构近似法国，社会保障又如同北欧。”约翰环视了大家一下，继续说：“加拿大地大物博，资源丰富。我们人口不多，但文化独特，多元多彩。历来没有为了自身的利益去损害过任何民族、任何国家！在历史的回声中，你还听得见加拿大军团悲壮的呐喊！”

真是“银瓶乍破水浆迸”，大家为之肃穆。随后他沉默了一下，叹了一口气：“管些闲事，帮些不相干的忙。”大家又都笑了起来。

中国她有她的隐忧，我们发展平稳，我们有我们的隐忧。高新世界上我们缺乏优势，没有技术独到的产品。就拿飞机制造来说，20世纪四五十年代，加拿大处于世界前列，后来衰落了，大批工程师、专家流失。

约翰以他记者的眼光，清晰的头脑，艺术家的气质，发表灼见……谈着谈着，炉火慢慢熄了下来，夜渐深了，大家起身告辞。

回到家里，我独坐灯下，想起了这些邻居。不论是篱边交谈还是炉旁夜话，在我的周围，展现出一幅幅画卷。中年人务实认真，肩负起自身的责任，年轻人在思索追求。再看女儿圈子里的伙伴们，尽管生活艰辛，却一往直前！

是的，真是一幅多姿多彩的画卷……

作者于2006年旅居加拿大期间参加魁北克省魁华作协征文比赛，“邻居”一文荣获二等奖。

罚款记

我终于辞掉城里的活儿，在离家近的地方找到了一份惬意的工作。好啦！我再也不会在冰天雪地里早出晚归，担惊受怕啦！我将每天开着爱车去上班啦！一盘算，下个月只需买套票，办完手续就可以去新公司上班！故事就是从辞别了原单位，开了欢送会，怀着同事们的温情与告别的惆怅，拖着疲乏的身子上了火车开始……

啊！同事们热情的面孔，温馨的祝福，离去的惋惜，频频的举杯……啊！老板的致辞："我们不会忘记你工作出色，不会忘记你的歌声给我们带来的欢乐……"

"干杯……"

"查票！醒醒！查票！"

"派对还要票？"

我睁开惺忪的眼，望着站在面前的一位先生："啊，查票？"

"是的，是的……"

伸手去掏票，惨了！原来用惯了月票，又匆忙上车，竟忘记检票！

"没有检票？"

"是的，是的，但是，不是的，不是的……"

那位先生丈二摸不着头脑："什么是的？不是的？"

我慌忙翻出上午检过的票，上个月的月票，前几个月的月票（还好，它们乖乖地躺在包里呢！）翻出来，都翻出来……

我解释我换了公司，要去新公司上班。为办手续，这月就买了套票，因几天奔忙，今天又参加了告别派对，过于疲乏，竟犯了如此大错！可否给予谅解？我愿把这些未用票都奉上。

验票先生微笑道："我很同情你的疏忽，但制度规章不容违反，你可以向这个部门提出申诉，他们会酌情处理的。"

于是，他带着同情与坚定的表情向我告别，我带着委屈与羞愧的表情坐下来，什么疲乏呀，高兴呀，都随窗外的景色飞逝而去……

回家后心情略为好转。检票先生多好呀，指了一条申述的途径。与老公商量后，我收拾好心情，打起精神，给那个部门写了封信，并提供了很多证据。这倒不是想证明自己的清白，只是想表现我贯是个守法的公民，遵章的乘客，因一时疏忽，才铸成大错。你看这里多好呀，犯了规还可以申诉。发信后心情好多了，当然啦，顷刻说出缘由，满怀着期望，你说心情能不好吗？

信发后，望穿秋水，结果一等也不来，二等也不来……

几个月后，终于来信了，你看多好，尽管慢了点。（他们可能有好多逃票的要处理呀。不，不，可能有好多公务要处理呀！）拆开信一看，竟通知我上民事法庭，地点就在闻名遐迩、威震八方的 COURTHOUSE（法院大楼）。转念一想：是呀，是呀，法制多完备呀。为了 3 元钱的票，还让到这么神圣的公堂上去申述。COURTHOUSE 是 1880 年建成的呀，一百多岁了，肯定明镜高悬。

为稳妥起见，我把这事与一位在这里生活的同事商量，他竟说："如果我是你，认栽算了。这样，个人成本和社会成本都合算。"但我还是如期出了庭。

为了这事，动用了好多人哟。一位女士分发文件，一位先生是保安，一位是控方律师，还有一位先生干什么，不知道。

最后法官先生来了。还好，晚了29分钟，如不在门口聊天，可能只晚25分钟呢。前面五人都败诉了。

啊，该我上了。法官先生问了姓名，对我左看右看，上看下看："是你吗？"

紧张！不是我吗？一看传票，原来传票上写着身高5尺8寸，我多么渴望达到这个高度呀。体重156磅！哎呀！怎么一下子长胖30多磅？好在没写上：头如巴斗，眼似铜铃，发赛钢针！

"不是的，啊！是的！"

待控方律师陈述后，法官问 ："是否属实？还申述否？"

我申述后，拿出精心准备的证据，希望当堂呈验。法官先生说："不必看了，从事实看来你就是有意的。"

"……青天大老爷呀！……"

"但法律就是法律，本应罚款100元，今从轻发落，只罚70元！"

"……青天哪……"

"你愿意再捐10元给本市的警察吗？"

"愿意，当然愿意，我从小就热爱警察叔叔，捡到一分钱都要交到警察叔叔手里边呢……"

出得法庭，心中既感动又内疚。你看，因为自己疏忽，惊动了这么多女士、先生。浪费纳税人的钱呀！得好好惩罚下自己，不减肥了，来瓶水，来块蛋糕当午餐。去法院停车场取车，停车费18元！不贵，再惩罚一下，来碗越南粉！成本除请半天假，来往汽油费外，共110元。值！毕竟我得到了"酌情处理"！

推车的老人

在我上下班去公司的途中，要经过 University 那条街。不管是春光明媚或者是夏日炎炎，不管是秋风苦雨或者是冬雪飘飘，在一个豪华的酒店附近，总要遇见一个老头。日复一日，月复一月，年复一年，已经五年了。他总是推着一部破旧的超市购物车，车上装着些破旧衣服及日用杂物，这些大概是他的全部财产。他久经风霜的脸，没有喜怒哀乐，在闹市区他却像是在沙漠中行走，无神的双眼透露出孤独与寂寞。老人的步态总是不变，从来没有过醉酒后的“随机漫步”，更不露出乞讨者故作的拖沓与蹒跚。他总带着几分尊严，几分无奈，似乎在一步一步地丈量着人生的最后旅程。我们日日相遇，天天擦肩而过，他从未向我伸过手，讨点酒钱，或者要钱打个电话什么的。他天天都漠视我们的相遇，缓步的，缓步的推车向前……

他是什么人？他肯定不是那种遨游江湖，玩味人生，从一个城市到另一个城市，不走回头路的流浪君子。也不是那种嬉皮笑脸，游戏风尘，撒点小谎，油腔滑调的流浪先生。前者，我只在学英语时一些读物中见到过。至于后者，我在 McGill 大学念书时，校园中就有那么一位。他总是在校内走来走去。有时在图书馆门口，有时在食堂附近，有时在工程系大楼旁。他上午讲：“今天是我的生日，祝贺我，帮我买杯啤酒？”他下午又说：“今天食堂的汉堡包可好啊，招待我，怎样？”第二天又宣称要祝贺节日：“给点酒钱吧！”这位先生人缘好，不时有所收获。

但现在这位推车老者的神情步态，却深深吸引了我。引起我莫大的兴趣与同情。晚上，他回归何处？白日，他又去向何方？他是艰辛的移民？还是孤独的当地老人？是亲人抛离他而去？还是他在逃避烦恼的家庭？

日子一久，每次相遇后，我都禁不住驻足回望，但他依旧是缓步的，缓步的推车向前……

终于有一次，我们打破了相遇时的沉默。那是一个深秋的早上，秋风带着肃杀的秋凉，席卷着满地秋叶，秋草上还凝结着昨晚浓重的秋霜。因今早公司有个会议，要讨论一个重要项目的预案，我急急忙忙地往前赶，心中默想着自己准备的预案是否完善。竟没有注意与这位老者擦肩而过，也许是秋风将我的秋大衣吹起，也许是我不留意碰落了他伸出车外的物件。

“年轻人，你的东西掉了。”是当地的法语。我立即转过身来，原来我插在外衣口袋中的一只手套也掉在了地上。当时我完全把会议呀、预案呀全都忘记了，因为老人终于开口了。我马上用生硬的法语讲：“谢谢你，谢谢你，我不是有意的。”同时俯身去收拾被我碰落的物件。“年轻人，别介意，我知道。”他改用英语安抚我，同时捡起手套递给我。在我接手套的瞬间，我们对视了一下。啊！老人的眼睛是清澈的、温暖的……

接着，他马上又恢复那漠然的表情，说声再见后，转身又缓步的，缓步的推车向前……

从那天起，我们竟成了“好朋友”。所谓“好朋友”也不过是早上相遇时，互道一声“早上好”而已。有时我试图搭讪接近他，他马上又恢复了漠然的表情。啊，他的心灵是闭锁的！

冬天天深了，那年的冬天特别冷。我在一个大雪后的清晨去上班，路上却不见老人的身影。从此，老人和推车消失了。寂静、严寒的 UNIVERSITY 街上，除了白雪还是白雪，但那家豪华酒店门口的圣诞彩灯却与白雪交相辉映……

谁能告诉我他是谁？谁又能告诉我他到哪儿去了？当然，当地的报纸是不会报道的。但是有一条消息使我得到了慰藉：当局增设了收容所，尽力帮助那些 Homeless 度过严寒。

透过那漫天风雪，我仿佛看见老人在那里坐着，陪伴他的，依然是那部破旧的手推车……

蒙城雪归来

今年蒙城的冬，苦恋着白雪，她守候着，等待着，伫望着恋人的归来。冬没有雪，她孤独憔悴；冬没有雪，她寂寞忧伤。拉开帷帘，她守着窗儿等待，撑着雨伞，她站在家门口等待。雨啊，不要纠缠，请走开……

蒙城的冬在守待，蒙城的人在守待，出生南国的我也在守待……

雪，你怎么啦！是忘却了与爱人的约定？还是迷失了方向？是沉恋归途的景色？还是意外受了伤害？

但是，圣诞后第一天的一大早，蒙城的雪终于带着对冬和蒙城人的深情厚谊，带着对冬和蒙城人的无限欠意，带着对冬和蒙城人的柔情蜜意匆匆忙忙地归来！冬和雪迸发出久别的相思，他们紧紧拥抱！是那样的强烈，那样的缠绵！

“下雪啦！下雪啦！冬姑娘高兴了！”邻家的小孩竟高兴得在雪地里打起滚来！

我爱雪，爱故乡的雪。南国的雪始终是轻柔的，润湿的，飘飘扬扬，潇潇洒洒，透着春的消息。但他从不与恋人长相厮守。他来了，冬打扮得银装素裹。他匆匆去了，冬又安详得与青山为伴，守候着雪的再来。

蒙城雪总是娇惯着冬，满足冬的喜好和任性，他会变得愈来愈冷，心肠愈来愈硬。像沙尘一样铺天盖地，洒将下来，豪放而粗犷。这时的雪有如沙漠中的沙粒，捏不拢，团不住，拍不紧。大概不允许人们用手玩弄，玷污了他圣洁的爱情。

蒙城雪又是多彩的，有时落霞与瑞雪齐飞，雪原共云天一色！有时碧空如洗，月明星稀，月色与银雪交相辉映。

我爱雪，爱蒙城的雪。蒙城雪向冬求爱是多姿多态的，用各种方式表达他的深情。他对冬一往情深，始终与冬相伴。冬刚来临，蒙城雪，总是轻轻柔柔地飘落下来，抚摸着冬，温存体贴。他飘落在皇家山上，皇家山像须发皎洁的圣人，慈爱地护佑全城。他飘落在老港，老港踏着轻波银浪，迎送万里楼船。他飘落在劳伦斯河上，劳伦斯坦然接受他的情谊，将蒙城拥抱得更亲更紧。

若冬有好心情，雪总是温柔的。你看，天空中迷迷蒙蒙，如降薄雾。远山近水，袅袅娜娜，如披轻纱。沿江的树枝挂满了晶莹洁白、玲珑剔透的冰花。真是“忽如一夜春风来，千树万树梨花开！”这时，蒙城雪会博得冬浅浅的一笑。

蒙城的雪借助朝阳的光彩，夕阳的余晖来打扮冬。在蒙城，白雪是冬的恋人，阳光是冬的好友，白雪与阳光好像是一组交响诗，交相咏叹，低吟浅唱出蒙城的冬之曲……当雪后初晴，风停雪静，阳光灿烂，冬打扮得红装素裹，仪态万千，冬和蒙城，他们都开心地笑了！

我爱雪，怀念故乡的雪，企盼蒙城的雪。雪，他终于归来了！

蒙特利尔又将是“江山不夜月千里，天地无私玉万家！”

臭豆腐

上灯已久，风从西湖桥吹来，穿过南门口又向天心阁刮去。街角边上有几个小煤炉，支起小铁锅。老板用小铁火钳翻动着，香气从锅中升起，随风四散。原来正在炸臭豆腐。如果你手捏着几角、块把钱，就可站在街边对着滚烫的臭豆腐吹气，美美享受一顿夜宵。这是几十年前的镜头了……如今臭豆腐已彻底翻身，有五星级身价，登大雅之堂了。

在中国有两处油炸臭豆腐比较有名气，除长沙外，另一处当是浙江绍兴。那种臭豆腐色泽金黄，佐以辣酱，鲁迅先生述之颇详。现绍兴城内无数个自称“正宗”的“咸亨酒店”正争相出售。长沙的油炸臭豆腐，可能原不登大雅之堂，所以很少有文人墨客加以记述。

据内行言：长沙家制臭豆腐的汤料极为考究，用竹笋、芦笋、木耳及香菇等十几种原料调制而成，这是绍兴的臭豆腐所不及的。长沙的臭豆腐，色如乌金，既黑且亮，软若奶酪，气味异香。用茶油炸来，芳香四溢，外酥内软，填入家制佐料，趁热享用，无论下酒佐茶、拌饭，均堪称上品，美妙非常，真乃长沙小吃中之名品！

我们的臭豆腐与西方的乳酪比起来可谓双绝，均属“特殊”风味，只不过乳酪闻起来臭吃起来也臭。另外，前者是植物蛋白而后者系动物蛋白制成，据传，后者吃了会使人“发福”，且又为牛奶制品。在胖不是福以及疯牛症、口蹄疫谈虎色变的今天，臭豆腐的优越性逐渐突显。

现在长沙街头臭豆腐已不多见，就是有也不敢言称地道。“借问臭豆腐何处有？”答说：老牌的“风韵犹存”，当属火宫殿，新秀则是华天五星级宾馆了。但若条件许可，上“华天”早茶，品味“新秀”，却也“秀色可餐”，但调料已为生抽、辣油等替代，总觉得远不如传统家制的那种调料浓郁了。正是：“昔日百姓街头宴，飞入五星大酒家”，夹带着淡淡的怀旧和思念，总想再去品味那种家制的温馨的臭豆腐。那种“闻起来臭，吃起来香”，的确是浓香扑鼻的臭豆腐。

炒码面

世界上爱吃面条的国家多矣！但是吃得有点名气的还是要算意大利、朝鲜与日本等国。意大利人吃面条爱吃“带迅干”，决不用汤料，码子似乎总是番茄肉末之类，有时则洒点起司粉，美则美矣，但总觉单调。朝鲜人吃面又较意大利花样多一些，他们吃冷面，即是用凉水为汤料的凉面，最使他们自豪的还是杂酱面。这种面口味与北京的炸酱面极为相近，但不及北京炸酱面的码子来得考究多彩。据朝鲜朋友讲，现在家里是做不出来了，要吃只能上馆子。在韩国，这种面是登大雅之堂的，就是宴请贵宾，也可作为点心奉上。日本人吃面崇尚清淡。乌冬面面条颇粗，类似四川甜水面。佐料现在多用袋装出售，故味型较统一。日本拉面，汤料考究，加点葱花，盖几片鱼片、蛋片或野菜作为“码子”。日本也吃凉面，多用荞麦做成。乔迁之喜，以此面饷客作贺。

吃面也是一种饮食文化，各国吃面与我们极其相似，绝非偶然。历史表明，这是华夏文化向外辐射传播的结果。我华夏面条，历史悠久，品味繁多。山西刀削面、兰州拉面、四川担担面、湖北热干面、上海阳春面、北京炸酱面，还有什么抢锅面、脆笞面、甜水面、怪味面、渣渣面、荞面等等，真是异彩纷呈，百味兼有。但在古今中外“面面俱到”当中，独树一帜，值得偏爱的，当推长沙的“炒码面”了！所谓“码子”，上海叫“浇头”，四川人叫“笞子”，与英文的“sauce”发音极为相近，指盖在面条上伴面而食的佐料。“炒码”决不能预先烹调，应一碗一炒，就吃就炒，现卖现炒，其花色品味之多，令人垂涎三尺，只要一进长沙炒码面馆，面牌上有数十种任君点选，是山珍海味，水陆纷呈，蒸炒烧卤，无所不有。

大凡出国归来的“游子”，无不立奔“炒码”，来一个腰花加酱汁“双码”“重挑”“带迅干”。

“好一个炒码面！”

大凡有朋自远方来，则请赴“杨裕兴”或“甘长顺”，品尝经百年口味锤炼的“炒码”快乐，食后无不交口称赞：“好一个炒码面！”

前些日子，有位先生自意大利来。公干之余，高唱《我的太阳》，唱完之后，这位先生要求亲自下厨作意式面条码子，不外是番茄、洋葱、肉末之类。他以特有的热情介绍马可·波罗从华夏带回的成果，演示已成为意大利国粹之意式面条。

次日我等宴请这位先生于“杨裕兴”，示以自马可·波罗西归后华夏面条的新发展，该君对炒码快餐大为叹服：“好一个炒码面！”

炒码面为长沙名小吃中之一绝，经百年锤炼，至今食客不减，各炒码面馆仍座无虚席。“炒码面”与麦当劳、肯德基一样，属一种文化背景的代表，炒码面之历史悠久长远非它们可比，炒码快餐至今不衰，自有它的生命力。但在现代生活演变与市场经济竞争大潮中，尚应提高与发展，就卫生与进食环境而言，尚需改进。若就座街边，污水遍地也大快朵颐，似乎有要口味不怕异味之嫌。就口味而言，炒码与湘菜一脉相承，味重、油厚、量多、辛辣，但知湘味中不仅有岳麓红枫之厚重，还有长岛秋月之清远。

我赞美“炒码”！有一天我们会坐在幽静洁净的小桌边，听着潇湘夜雨的乐曲，品尝着既有湘味特色又有现代风情的炒码面。

家书

写给宗瓒爱孙的信

（一）

亲爱的宗瓒：

我们分别已有四个月了，爷爷奶奶非常想念你。听说你瘦了，腿上还被蚊子咬了二十多个疙瘩，爷爷奶奶心疼极了。这里有好多森林、花木与草地，蚊子也相当多。我们与蚊子打仗，种了好多花，有黄玫瑰、红玫瑰、凤仙花与紫罗兰。还种了些树，有红柳与火焰山。我们开荒种了菜，天天浇水施肥，有韭菜、空心菜、豆苗、苦瓜、豆角、冬瓜、丝瓜、番茄及辣椒等。现在，苦瓜长了两个小瓜儿，韭菜豆苗与空心菜已成盘中餐。爷爷洗菜小心翼翼，生怕浪费了一丁点儿，真是才知盘中餐，粒粒皆辛苦。现在花儿也盛开了，凤仙花五彩缤纷，紫罗兰清心素雅，黄玫瑰亭亭玉立，红玫瑰艳丽高贵。你如果闲坐门前，清风入怀，真是心旷神怡。爷爷奶奶从来都不会栽花种菜，但知识就是力量，不会就看书呗，不会就上网用Google搜索呗，不会就虚心学习呗，然后就动手去干呗，一定会成功的。

但是我们种的剑兰还没有开花，种在下面塘里的空心菜也遭了水灾。这是一个坏消息。

现在爷爷奶奶成了农民了，大清早就去后院浇水、松土与上肥。傍晚，夕阳西下，又需浇水，有时还要用割草机割草，想还要把大蒜种在菜地的四周，小松鼠闻到大蒜味儿，就不来偷吃庄稼了。总之，在这田园风光中，生活充满了田园的乐趣。但是我们也不是很开心，只要空闲下来，就思念你们，特别是我们的小琮瓒。只要与你通话听见你的声音，只要听见有关你的信息，就是我们最大的乐趣。谢谢你把奥数试题传真给爷爷奶奶。你这次奥数考试不太好，没有关系，主要是要吸取教训，不要怕数字计算，提笔在草稿纸上做就是了。当然在做之前，首先要想想是否有简便运算的可能。如果有，就按简便运算去做，如果实在看不出来，就直接去列算式做。应用题做得比较好，但第16题未做出，就不应该。这种题，你做了不少。第6题与第17题这种题型，你未做过，尤其是第17题比较深。这里爷爷再给你讲讲，好吗？遇见这类题，别怕，它是有规律的。只要你求出浇两棵、四棵树走的路程，把它们排列起来，就可看出来规律：

浇2棵浇4棵浇6棵

$4\times5=120$　$8\times5=40$　$12\times5=60$

浇第15与16棵时，走的路程是：$16\times2\times5$ 即是 $32\times5=160$；可以看出它们是一个等差数列。

首项是20，公差是20，末项是160，项数是8。求数列的和就简单了，这就找出了规律。

亲爱的琮赞先生，这是暑假写给你的第一封信。

祝你健康快乐！

爷爷　奶奶　2002年

（二）

亲爱的宗瓒：

这是暑假的第二封信。这封信讲一个故事，故事的名字叫“爷爷小学时的一篇作文”，爷爷小学时作文臭极了，经常被我们的语文老师陈德培写批语“文不对题”或是“你惜墨如金,为何文字如此之短”,再不就是“构思尚可,可惜太慢”,如此等等。

当时爷爷感觉压力很大。我想首先要解决“文不对题”。什么叫文不对题呢？这个问题嘛，一定要搞清楚。请教老师后才知道做作文首先要“审题”。就是首先把题目念三至四遍，搞清楚题目的意思，要你叙述一件事，要你写一个人物，要你讨论一个问题，要你就某个问题或某件事发表你的看法或观点等等。

例如题目是《暑假趣事》。这是一篇记叙文，要你记录并叙述暑假中一件或几件有趣的事情，就是要你写暑假中有趣的事。至于是这个暑假的事，或是去年暑假的事，这无所谓，只要是暑假的有趣事都可以写。再想想，如果把既有趣又有意义的事写出来，就更好了。同时，不一定是要自己经历过的事。编一个有趣有意义的故事，当然也很好。另外，暑假就是夏天，作文里一定要反映出夏天的背景，夏天的特色，夏天的活动，这样作文内容就会与题目的要求相符合了。

再就是“惜墨如金”作文写得太短的问题了。什么叫“惜墨如金”呢？你可以问老爸，由他给你解释。文章写得短，同时写得贴切题目，又写得中心思想突出，又写得精彩，当然很好。但太短，有时就表达得不充分，不清楚。怎样把作文的内容写得丰富精彩一些呢？我又去请教老师。陈老师告诉我一个秘密：多看一些写得好的作文，以后它们就是你的素材库。素材库，懂吗？不懂就去问老爸。多看一些散文（当然是你感兴趣的），这样你就不空虚，写作文就有话说了。我就照陈老师的话去做了，就学会了好多形容词，学会了怎样表达自己的思想，学会了怎样形容花、草和树木。怎样形容飞驰的火车，蓝天和白云，清溪中的流水，奔腾的瀑布，碧波如镜的湖泊等等，这样就掌握了很多辞藻，就会写出优美的句子。多看一些写得好的作文、散文，多看一些书，就会使自己思想丰富，讲话、写文章就不会是干瘪瘪的。

最后，我就说说写作文构思花的时间太长的缺点了。陈老师告诉我，要多写，而且要掌握写作文的方法与技巧。我想这个问题《快乐作文》会告诉你的。下封信爷爷也把我的心得告诉你，好吗？

爷爷按照老师讲的去做了半年。我记得一篇作文题叫《秋夜》，陈德培老师在全班朗读了爷爷的作文，大加表扬，并作为我们年级的作文范本。爷爷写了秋夜的寒星，庭前的梧桐，梧桐的落叶，阶前的秋露……感叹时光之流逝，我等少年应春华秋实，奋力成才。

信中看不懂的，问老爸，请你老爸把信讲解一遍。

爷爷　奶奶

（三）

亲爱的宗瓒：

这是暑假写给你的第三封信。上封信说要给你介绍爷爷写作文的心得，好像有点吹牛皮。就像你写的爷爷学开车一样，其实技术臭得很。但是爷爷小时候作文写得好些后，居然想当起作家来了。

就是从那时，爷爷看了大量的文学名著，把中外作家排队列表一个个地看下去。同时也经常写些散文，还学作诗呢。直到现在，爷爷认为小时候那段时间大量的用功阅读对爷爷今后的知识广博起了关键作用。噢！想起来了，你不是有段时间想当作家写小说吗？但你读书太少，是不可能写得好的。闲话少叙，言归正传。

当时爷爷的妈妈，就是你的老奶奶，不同意我学文。爷爷听我妈妈的话，放弃当作家，发奋学数学、物理、化学与外语，于是就变成了现在的爷爷啦！说了半天，爷爷写作文有哪些心得呢？简单说来，写作文就是按照作文题的要求，把心里想的说出来。记住必须围绕着题目去想，必须说得有头有尾，有主有次，要引起看作文的人的兴趣。语言要生动活泼，要会形容作文中所写的东西，使人看了能打动他，引起别人的同感。以“暑假趣事”这一题目为例，我想应该写暑假中既有趣又有意义的事，从这些趣事中，还要引出一些有意义的结论。你一定会写你穿过了青纱帐玉米林，鼓起勇气第一次走过左摇右晃的铁索桥，桥上铺着稀疏的木板，桥下奔流着清澈见底的河水，它在黄昏的薄雾中，向青山的远处流去。啊，这就是白水河！你一定会写我们就在白水河边安营扎寨，住在白水河边简陋的农舍里。于是以白水河为背景，就展开了好多有趣的事儿。例如：半夜的蝉声，蜘蛛网的妙用，在有如矿泉水一样甘甜的白水河中的游泳与漂流，在河水中踏寻被河水冲刷形成的多姿多态的怪石，特别有一个像夹了"牛肉饼"的"汉堡包"。你不怕沉重，还带着它飞回了长沙哩。大自然多么奇妙，白水河上的大龙潭、小龙潭，碧水从空中飞驰而下，注入深潭，好像发怒的巨龙。通过这些趣事，我们深深地感觉到要爱惜人类的家园，爱惜我们生存的这个行星——地球！这永远是青山绿水长存，雀鸟欢唱，昆虫鸣叫的充满大自然奇趣的世界。

既然有如此丰富的题材，我们就开始写。首先，当然要考虑怎样开头。作文的开头很重要，一定要一下子就抓住读者，让他有兴趣看下去。然后，我们就展开对趣事的描述。有那么多的素材，写哪些呢？这里就应考虑取舍。取，就是要选取；舍，就是要舍弃；就要把那些素材选取来写。最后，写了这些趣事后，总要发表点感想才行，这就是作文的结尾。因此，按照我们的构思，本作文可分三段：第一段开头，第二段各种趣事的描述，第三段结尾并加入自己的感想或议论。

现在爷爷试写一个开头，你也可以想一个更妙的开头。

"朋友，你到过真正的大自然中去闯荡过吗？去领受过大自然的风光与奇趣吗？在暑假，我有幸闯入了大自然中去，在四川的一个边远山区当了半月的山民哩！如今，那些有如梦幻般的趣事，还常常出现在我的梦境中。"

下面即可转入第二段，这是文章的主干。

“那是一个特别炎热的日子，我们全家一行人背着背包，在向导四娃子的带领下，穿过茂密的玉米林，再向右一转，眼前突然开朗，凉风迎面吹来。原来前面是一条山溪，溪上架起一座铁索桥，桥离水面约二十米，它在顺溪谷而来的山风中轻轻地摇晃。”

这样就从第一段转入第二段正题了。下面就可以根据取舍，尽情地发挥趣事的描述了。可能你还有更好的写法，与你老爸再切磋切磋吧。

今天就写到这里。再见！

爷爷 奶奶

（四）

亲爱的宗瓒：

这是第四封信。这封信要讲些什么呢？这封信要讲讲作文的结构。

任何文章，有开头，有结尾，这是肯定的。开头与结尾之间有一大段，这一大段称为中段。中段就是按照开头引导的方向，把要想说的话更深入的展开，然后再转入结尾，这就是全篇作文了。因此，作文一般的结构是：开头——中段——结尾。

开头的写法很多。但爷爷认为，写开头的最基本的原则是：作文的开头首先要贴近题目，不能离题万里。其次，要为中段的展开做准备（这叫铺垫），简单说，要铺设阶梯以便进入中段。另外，开头要抓住读者，引起读者往下读的兴趣，这叫引人入胜。

开头：贴近题目——为中段做准备——抓住读者（引人入胜）。爷爷认为这就是写作文开头的要求。当然，你以后长大了还会学到很多，但掌握好这三要点是最重要的。举一个例子，有一篇作文题目是《老师》，有一位同学写了一个开头如下：

"只要我一看见凤仙花，我就会想起我们的张老师。记得那是一个炎热的傍晚，我们走进教室上晚自习。突然发现教室里多了一盆凤仙花，花儿在灯光下，五彩缤纷。花儿旁有一张留言。啊！我们的张老师走了。"

（这样写：给人带来一种悬念，“张老师为什么走了？”所以“引人入胜”）

下面就可转入中段。

还有另外一个同学是这样开头的：“有一句名言：老师是人类灵魂的工程师。我们的蒋鳌顺就是这种工程师。”然后立即也就可转入中段。

第三个同学的开头是这样写的：“明年我将要告别可爱的学校，升入初中了。我将踏上人生的另一段旅程，去征服未来。我会永远怀念哺育我们成长的摇篮。但是，是谁用双手摇动着这个摇篮呢？是我们的老师。”这样就顺势转入中段。

上面三种开头都是：（1）贴近题目。（2）为转入。（3）一开头就引人入胜，使人想看下去。

好！这封信就先说怎样写作文的开头。

爷爷奶奶祝我们的孙儿好！爷爷写的信，应请爸爸讲解。

爷爷　奶奶

（五）

亲爱的宗瓒：

你全部看得懂爷爷写的信吗？看不懂的去问老爸，每封信都要老爸讲解一遍，这样才有效果，才不辜负爷爷辛辛苦苦写信所抱的希望，才能提高你写作文的水平。

你也是写作文的老手了，写了很多故事，也写得比较好。其实写作文就是根据题目来编个故事，或者来回忆事物，叙述事情，或者来进行辩论，讲清道理，这就要看作文的题目来定了。不管是讲演或是写文章，总要有开头，总要有结尾，开头与结尾之间就是中段。

故事的主要部分，叙述事情的主要部分，讲道理的主要部分，都是在中段。因此，分式是：

作文的结构 = 开头 + 中段 + 结尾

开头的写法：（1）贴近题目来开头。（2）为中段的展开作准备。（3）要使读者有兴趣看下去。

中段的写法：（1）围绕作文题目来选择素材。（2）组织好素材，突出主题（你想要讲的主要意思）。

结尾的写法：强化主题，进一步给读者加深印象。说来说去就是“程咬金的三板斧”，并不神秘。现在举例来说明，有篇作文题目叫《捉蝉》，是这样写的：

捉　蝉

在豫西山区的盛夏，每当一场大雨过后，就会有许多小朋友集中在一起，踏着泥泞，披着暮帷，用他们沾满泥巴的小手，熟练地捉蝉“宝宝”。今年夏天，我有幸参与了这件有趣的事。

（一开头就捉蝉宝宝，贴近题目。然后说：我有幸参与了这件事。给中段的进一步讲述做准备，准备吹一吹捉蝉的趣事。同时引起我们的兴趣：他们是怎样参与的呢？）

（下面是中段）

那天午后，好热好热，没有一丝风，闷得我特别难受，伯伯看着我的样子，告诉我，别着急，就要下雨了。伯伯的话真灵，果然，没过一会儿，一阵大风吹来，接着，黄豆大的雨点像箭一样浇在地上，溅出美丽的水花。这样的雨，在这时足足下了两个小时。后来，雨停了，天也慢慢暗下来，一丝晚霞斜照在树梢，好像一幅美丽的风景画。

这时候，森森哥哥、小婉姐姐带着我“鬼鬼祟祟”地“出洞”了。我们把“殖民地”选在伯伯的院子里，很快就发现了蝉“宝宝”的“家”。我上去就挖，双手不停地挖也不到底，我生气极了，把手上的泥往脸上一抹，像“克利米斯”一样跳起了霹雳。哥哥姐姐见我这副模样，笑得直不起腰，我这才知道，我捉的方法不对，然后，他们一边讲解，一边给我做样子，他们说：“把手伸进穴里，等蝉宝宝的小腿抓住手指甲，就把手缩回来。”我试着把手指甲伸进去，可那小玩意倒挺厉害，它很快就抓住了我的手指，一只肥肥大大的蝉“宝宝”被我带了上来，我高兴得一蹦三尺高。天黑了，我捉了不少蝉“宝宝”，哥哥姐姐也捉了很多。

我们把“战利品”用盆子端到房子里，伯母用清水把它们洗得干干净净，用油炒了炒，撒上盐粉，好吃极了。听伯伯说，蝉幼虫不但没有毒，而且是高蛋白呢！

（中段完）

（在中段选取有趣的素材来加以叙述，主题是：通过有趣的捉蝉，在实践中学到了从书本上学不到的知识）

（下面是结尾）

通过捉蝉“宝宝”，我知道的书本知识不比哥哥姐姐少，但其他知识我知道的很少，我要在学好书本知识的同时，向社会、向农民学习，吸取更丰富的营养。

（结尾中进一步强化主题）

你看这是不是“三板斧”？

爷爷奶奶祝小孙儿健康快乐！

爷爷 奶奶

（六）

亲爱的小宗瓒：

爷爷又给你写信了，讨厌吗？这封信要讲怎样写篇好作文。只掌握“三板斧”还是写不出好作文的。除了“三板斧”外，最重要的是你要有一个符合作文题目要求的好的主题，好的主题要动脑筋去挖掘。

上封信《捉蝉》这篇作文，题目是《捉蝉》，但他写的却是捉蝉宝宝，这就有点文不对题。蝉宝宝就是蝉蛹。蝉子又名“知了”，知了，知了，是蝉的叫声，因而是以蝉的叫声来命名的。这种命名法在中国很多，譬如蟋蟀，民间又叫“蛐蛐”。蛐蛐，蛐蛐，这也是蟋蟀的叫声。又如青蛙，青是它的颜色。呱呱，呱呱，是它的叫声。好！不胡扯了。

蝉是树枝上产卵，卵孵化成像小鲜鱼一样的小虫，叫“螬蛴”。小虫像跳蚤一样大。它出壳后，皮壳就会变成一种小绳子，它就靠这小绳子附着在树枝上。有时随风飘荡，有时沐浴着阳光翻跟斗呢。不久它就降落到地面，借助那根很细的小绳，慢慢地降落，不怕摔伤。到地面后，它就要立即钻入地下，藏起来。这一藏，一般要四年。美国有种蝉叫十七年蝉，它要在地下呆十七年才能出土。据说最近有几万只十七年蝉要出土，他们惊呼十七年蝉要攻击美国啦！

蝉儿在黑暗中要呆这么多年，但它在阳光下的欢唱却只有四个星期。所以，我们要谅解，让它抓紧一切时间来沐浴温暖的阳光，来充分享受这短暂的难得的快乐，让它尽情歌颂自己的生命吧！现在昆虫、雀鸟已经很少了，这是大自然的悲哀，大自然的悲哀也是人类的悲哀。难道我们还要大吃野生动物与昆虫吗？显然那篇作文想通过捉蝉宝宝来吃表达在实践中学课外知识这一主题，但这是不恰当的。因此我认为尽管文章写得有趣，但不是一篇好作文。

我们也捕过蝉，如果写出来，会比这篇好得多。但主题应为保护昆虫，为研究蝉而捕捉的。研究后，就让它回归自然。

只有雄蝉才叫，它身体两侧各有一个声腔叫“鼓室”，像一对立体声喇叭，用身体向前向左右的扭动来改变音调。

古人把蝉譬喻为高雅人士，因蝉餐风露，占高枝，发吟唱，颇像清高的古代读书人，不食人间烟火。

古人也捕蝉。两千多年前孔夫子就请教过一位捕蝉老人，他是怎样捕蝉的？这位老人讲他是用稀泥粘在竹竿上去粘蝉的翅膀。我们就高明多了，我们是用蜘蛛网在竹竿上绞成球去粘蝉翼。

另外告诉你，三爷爷、四爷爷和五爷爷，他们现在又在白水河当山民了。

爷爷　奶奶

（七）

亲爱的小宗瓒：

加拿大现在的气温是15℃—26℃。早晚非常凉爽。黄昏，西边的云彩渐渐变暗融入暮色，寂静的街道亮起了橙黄色的路灯。爷爷独自坐在门前，晚风送来林中的虫鸣，这时我想起了小宗瓒。啊！好久没有给你写信了，爷爷赶忙回到屋里，提起笔来给你写信。

首先告诉你，爷爷八月十一号考驾照。今天，爷爷主要讲在加拿大学开车的故事。

在加拿大爷爷又进了驾校，驾校名叫：Access driving school，教练instructor是老外，全是用英语教学及发指令。这也是挑战，咱们就拼搏一下吧！这里练车全是在大街上。街上的车速一般是每小时50公里，你开到45公里/小时都不行。“Fivety，please！”或者“Faster”！你一边开车，他一边评论，指令不断。爷爷既要快速理解洋文，又要动作反应快，简直可以医好老年痴呆症。洋教练非常认真，你可以选择“He is 0k for me”的任何教练。他总是说：“Ask me more questions please！”刚开始的时候，弄得老爷爷一身臭汗。这时洋教头说：“Take easy”或者“Take your time！”每次训练结束后，洋教练要在记分册上对29个操作项目打分。加拿大交通规则严密，以变道为例，变道就是从马路上的一个道换行到另一个道，英文叫“Change Iane”，首先不能减速。Fivety！其次在操作上要：后视镜——侧镜——前视——回头，45度看盲点打转向灯，再重复上一循环后，转方向盘变道。keeping speed！告诉你：爱姑是爷爷的好老师。星期天出去 shoping，爷爷开车，爱姑教练，奶奶加油，爷爷的技术提高不少，爱姑要求严格，有时还会对爷爷恼羞成怒，还发脾气呢。但是面对这些困难，爷爷没有退却，而且决不退却。奋进，努力，奋进！这就是一个人的人生。小宗瓒，请你记住这个人生定律。这样，你就会成为强者，你就会成为胜者。

好！今天就写到这里。再见！

爷爷 奶奶

（八）

亲爱的宗瓒：

加拿大的夏天比较凉爽，最高温度一般是 30 度（摄氏）左右。但由于纬度高，太阳是火毒火毒的。今年这里特别热，达到了 33 度，天气又特别闷。于是报纸上就提醒大家不要中暑，要大家关心邻里的老人，要大家到有空调的大商店，到地下商场去避暑。可怜的加拿大人非常珍惜夏天，这短暂的夏天对他们来说非常的宝贵。小女孩及小男孩们可以打赤足跑来跑去，可以穿起背心骑着自行车在小道上穿来穿去，可以在花园里浇草地，打水仗，搞得一身湿淋淋的……他们就像小土拨鼠们出洞了，在夏大的阳光下乱窜。爱姑家的后院，在夏天也非常美丽。初夏，绿树像围屏一样展开，下面的湿地一片如茵的野草。现在野花渐渐绽放，这些紫红色的花朵，在晨光中一闪一闪，晨风吹来，她们又一摇一摆。现在，爷爷正对着她们，品着热茶，给亲爱的小孙儿写信呢！

（以上，这就是相当于作文的开头。注意，写信也就是在写文章，也就是在写作文呢！）

（下面，就是文章的中段）

上封信我们讲了怎样写作文的开头。这封信讲讲怎样写作文的中段及结尾。

中段是作文的主要部分。它的结构一般应该是承上—发挥—启下。承上——发挥，就是按作文的开头，顺势展开。简单地讲：因为作文的开头应是贴近题目的，应是为你进一步的讲述（进入中段）做准备的，应是引起读者的兴趣的，所以你就应继续下去，开始高谈阔论，把你根据题目所构思的主题(你想要说的主要的东西)，说得有声有色，说得淋漓尽致，说得有根有据，这就是承上和发挥。注意，在发挥你的想法与构思时，不能漫无边际，又臭又长，收不了尾。因此在发挥时，要决定取舍。那些你认为精彩的，那些你认为能表现你的想法的，那些能给人有深刻印象的，那些能充分表达你的主题的素材，就取出来，有层次地写上去。次要的、无关的，不精彩的素材就舍掉，这个过程就叫“取舍”。经过你的发挥后，要说的也说了，要讲的也讲了，作文的主题也讲清楚了，就应转入结尾，这就叫“启下”。

最后，结尾应怎么写呢？结尾不宜太长，尾巴太长，很难看。结尾主要是进一步加强读者对你叙述的主题的印象，进一步强化作文主题，就是写结尾比较好的方法。

下面举例子来说明（上封信中的第一个例子）：

“……啊！我们张老师走了！”

（转入中段）

张老师是我们的语文老师。她从二年级起就教我们语文。她第一次轻轻走进教室，然后亲切地说：“同学们，你们好”。尽管声音不大，但我们立即就安静了下来。

下面你就可以选取张老师如何耐心亲切地教导你们的事例（这就是素材），突出张老师的亲切、认真教学的事例（就这是你要突出的主题），写出作文的中段。然后再写结尾（加强主题）：

“现在，我们大家都看着这盆美丽的凤仙花，好像我们又见到张老师亲切的面容。那盆生机勃勃的花儿好像在说：“再见，同学们！孩子们，加油！”

有没有另外的写法呢？当然有。“张老师体弱多病。她教我们算术，教学非常认真负责。”下面就可以想一些张老师耐心认真的教学事例（构思和选取素材，描述一番）。现在你的主题就是张老师尽管体弱多病，但带病教学，非常认真负责，然后转入结尾：（强化主题）“那盆风仙花的朵朵花儿，好像张老师写出的数字，在灯光下排列得整整齐齐。张老师，我们想念你！”

亲爱的小孙儿，写法多着哩！关键在于我们要动脑筋去构思，去编故事。

好，这封信就写到这里。祝你健康愉快！

爷爷 奶奶

孙儿宗瓒的回信

亲爱的爷爷：

今年已是2018年了，这个夏天，又读到了小时候您寄给我的家书，共八封，读着文字，脑海中不断浮现出小时候的记忆，却怎么也记不清当时写的回信了，正好借此机会再写一封回信。

童年时，爷爷奶奶的22楼就是我的另一个家。客厅那一米见方的老式电视机则是我和爷爷的好伙伴。小时候您买的各种动画片，给我带来了无尽的欢乐。大一点之后，和爷爷一起看的各种历史纪录片令我受益无穷，也让我对历史产生了浓厚的兴趣。除了看电视，最喜欢的就是午睡的时候听爷爷讲故事，每次都缠着爷爷多讲一点，常常把午觉都忘在了脑后。在爷爷的讲述中，我跟着三个火枪手一起冒险，与尼莫船长一起探索海底，也和刘关张一起在三国乱世中求存。得益于爷爷大量的阅读和那满满一书房的中外书籍，我可以有听不完的故事，还有学不完的知识。

大些时，爷爷奶奶家的书房成了我的第二个教室。初中的课业渐渐繁重，语数外、物理、化学种种科目让我颇感难度，好在爷爷也都样样精通，教我写作文，解数学题，辅导我物理、化学的各种理论公式。书房中多了各种各样的课本和参考书，有爷爷监督辅导我学习，让我感觉格外轻松。而爷爷仿佛从来没有和时代脱节过，除了可以辅导我的课业，学习累了，爷爷还会带我一起研究各种机械和电脑以及摄影编程。还有每天晚饭后在客厅里和爷爷、爸爸一起讨论历史和政治问题，也令我乐此不疲。在爷爷去了加拿大之后，能见面的时间就少了许多。那时除了偶尔用 skype 视频电话联系一下，就只有爷爷写给我的一封封信，在信里，爷爷除了给我讲讲在加拿大的生活，也不忘指点我的学习。

后来也不知道什么时候，才得知爷爷身患癌症，很长时间一直在与病魔作斗争。那时对癌症也没有太多的概念，爷爷在我面前也一直展现着健康的一面，很久之后才明白爷爷当时承受的痛苦和拥有着多么大的毅力，而直到您离开之后才明白许多东西的珍贵。

在您身上，我学到了很多东西。有对任何事情都认真钻研的态度，有对新知识的渴求，还有对自身的严格要求，也继承了您对文史与艺术方面的兴趣。爷爷您最常对我说的就是要成为一个 gentleman，做一个对社会有用的人。这两句话，我会一直当作我的座右铭去努力践行。

谢谢您，爷爷。

刘宗瓒

回忆录

父亲母亲的故事

我们的父母亲不是名人，没有人给他们写传记。他们都是平常人，我们对他们年轻时的生活一无所知。只知道他们生活在那个波澜壮阔的历史时代，他们带着激情，汇入那个时代潮流，把青春投入大变革的风云岁月。但是，他们只是那个潮流中的小小浪花，只有点点闪光留下。

（一）父亲的故事

我的父亲刘骞，字克谦。父亲先是考入四川省高等师范学校。在风雷激荡的年头，目睹北洋军阀丧权辱国，四川军阀横征暴敛，全国人民民不聊生，这促使父亲胸怀报国之志，于是投笔从戎。这位属虎的青年，足踏草鞋登程，一往无前，气势如虹，投广州黄埔军校而去，真是“气吞万里如虎”！

一九二四年十二月父亲到达广州。南国冬暖，青山绿水依然。在一个晴朗微寒的冬晨，父亲来到了军校大门，只见大门门外两边，各有个哨兵岗亭，门上写着“陆军军官学校”六个大字。再朝里走，则是黄埔军校门联：

升官发财，行财他处；

贪生畏死，勿入斯门。

横额：革命者来

父亲立正注目细观门联，然后将背包向上一紧，大踏步进入此门。这也是我家随历史潮流而沉浮，经世事沧桑而聚散的开始……

父亲如乳燕归巢，投奔黄埔。黄埔也以他博大的革命胸怀迎接从戎者的到来，真正体现了“亲爱精诚”的黄埔校训。除同期学友们的热情接待外，就连一期的老大哥们对这个千里走单骑的四川小个子也甚为关怀，其中又以陈赓和关麟征最为热情，也最为投机。

黄埔岛上绿树成荫，鸟语花香，风景秀丽。有时休假日，陈赓与父亲相约登山，山上有古炮台。两位青年亲密无间，无所不谈。陈赓有儒将风范，兵机深藏，大智大慧。父亲则任侠尚义，刚烈果敢，忠厚朴实。抬头见白云蓝天，海鸥翔集，俯视则珠江环流，清波碧浪。如此大好河山，却支离破碎！

陈赓慨然道：“为如此锦绣河山，抛头颅、洒热血，在所不惜！”

父亲高声道：“始志不渝！”

在那风雷激荡的年代，这些热血青年，在当时中国最优秀的人物启蒙与教育下，他们度过了最壮丽的青春年代，在这黄埔之滨锤炼自己，锤炼历史，共同去锻造中国军人的军魂！

一九二四年孙中山北上后，陈炯明联络闽、赣、湘的军阀，自称救国军总司令，下辖总指挥林虎。共七万人，图犯广州。

一九二五年二月一日广州政府决定东征，组织联军时，滇、桂军轻视黄埔军校的校军，他们以黄埔校军无作战经验为由，不应参加东征。黄埔学生军受到广州各军的歧视，甚为激愤。

黄埔校军出发后，他们军纪严明，公买公卖，士气旺盛，行动神速。行军途中，学生军沿途宣传，身体力行，贯彻黄埔精神：不要钱，不要命，爱国家，爱百姓。

陈军从惠州移兵来援，企图利用淡水城阻挡东征军进攻。淡水距惠州市三十五公里，城墙既高又厚，城壕既深又宽，易守难攻。陈军（约五千人）据城而守，东征军决定由教导团任主力，在惠州援军到达之前，攻下淡水城。

二月十四日晚，教导团组织奋勇队，挑选营、连党代表和士兵一百多名，担负攻城任务。父亲申请加入敢死队，未获准。父亲找到三期步兵科副队长陈赓："为什么不批准我？"

"入校不久，训练不足。"

"请你考虑我的训练成绩，科目全优。"

"不行！"

"我要找团长张际春申述！"

"可以！但我告诉你这是他的决定。"

陈赓随后换了幽默的口气道："算了，老弟！大仗小仗有的打，何必忙在这一时！"

"老兄，今朝有仗今朝打，切莫辜负少年头！"父亲回道。

"君子相交不言谢。这是我老家的地址，明日若我阵亡了，请大哥将我遗物寄达老家。"父亲立正敬礼："我归队去了。"

陈赓接过信封，父亲转身向集结点大踏步走去。陈赓借着月光低头一看，只见信封上写着：

"四川省新都西街同兴堂药铺转刘文彬父亲大人亲收"

十五日拂晓，攻城开始。早六时，炮兵集中于南门阵地，首先发射，继之奋勇队携带竹梯分向东南西三城门同进攻，其他部队在原阵地猛烈射击。

敌人早有准备，其城墙中有三层射击设备，下层取跪射姿势，中层取立射姿势，上层取立于杉木架之上，由墙顶之凹处发弹，故远近距离皆能命中。但黄埔军奋勇异常，到七时已直逼东门城脚。野炮猛击东门，城墙数处崩塌，城上大火冲天，周恩来正在前线督战，只见一年轻军官高举军旗，手挥驳壳枪在硝烟中奋勇登城。周主任指着那矫健的身影问道："他是谁？"

"三期，四川人。千里走单骑投奔黄埔的刘骞！"陈赓答道。

不到两个小时，淡水城就被东征军占领了。

三月十二日夜间，两军展开了极其惨烈的战斗。战线从南到北逐渐延伸到七八里之长，阵地变换几十处之多。敌军成堆成团地向教导团阵地扑来，陈诚的山炮企图用火力压制敌军进攻。可就在关键时刻，六门大炮一门都打不响。林虎军进攻更加疯狂，逐渐占据有利地形，并发起了一波又一波的密集冲锋。阵线几乎崩溃，敌军冲到团部指挥所附近。

在此生死关头，学生军拼死反冲锋。关麟征、陈赓、父亲等大呼：

"发扬军校精神，冲呀！"

"打倒军阀，冲呀！"

率领部队，用白刃战打退了敌人进攻，为山炮连调试争取了时间。

"冲在前面的那个小个子是谁？"鲍罗廷将军问道。

"三期学生，刘骞。千里徒步投奔黄埔！四川人。"周恩来答道。东征后鲍罗廷曾邀父亲合影，以兹鼓励。

炮终于打响了！炮弹雨点般地落在敌群之中。最后在校军第二团及粤军的侧翼攻击下，林军被彻底击败。

棉湖之战是第一次东征中最激烈壮观、最具有历史意义的战斗。黄埔校军仅以区区两个团，力敌林虎六个师，并大获全胜，一时军威大振。父亲也以其英勇善战，革命意志坚定被破格提拔为连党代表。

陈炯明逃往香港。黄埔校军轰轰烈烈的第一次东征遂告结束。

一九二五年九月一日杨希闵等又再度叛变，陈炯明军遂节节西逼，进占惠州各县。同时北路的川军熊克武部及南路邓本殷部进犯肇庆，攻广州。广州国民政府遂下令讨伐，这就是第二次东征。

父亲时任第一军第三师第八团第一连连党代表。陈赓调任东征总指挥部护卫队队长。关麟征因膝盖受伤住院治疗。

十月十二日东征军占领惠州飞鹅岭。

父亲与陈赓又相会在一起。陈赓指着远处的惠州城："城坚水险，将是一场恶战。"

"老兄所言极是。有言道：一自坡公谪南海，天下不敢小惠州嘛！"父亲又道："我团已接到命令，我师七、八团为攻城主力。"

"你又准备参加敢死队，放手一搏啰！"

"是的，大哥！我千里来投黄埔，凭的就是这一腔热血，一身胆气！"

父亲话锋一转道："麟征兄膝盖受伤而能不截肢，乃全靠廖党代表的坚持！真是不幸中的大幸！"

陈赓转身过来，面对着父亲，眼中闪动着智慧的光芒："是啊！麟征兄性格内向，坚韧沉着，心底清亮无私，将来必成大器。"

他拍父亲肩膀一下："老弟你锋芒毕露，两眼炯炯有神光，耿直忠义，披肝沥胆，是福将。此战之后我俩当痛饮黄龙，好好叙谈叙谈……"

陈赓还未说完突然那边喊将起来："刘骞，归队，带领连队进入预定位置！"

团长张际春走了过来："好呀！陈赓，老兄找刘骞是面授机宜，鹅岭谈兵，还是秋叶丹红，吟诗敲韵？"

"决战在即，你们在议论何事？"

三人回头一看，马上立正道："校长！"

原来蒋中正和周恩来及苏联顾问鲍罗廷一道正走过来。蒋中正扫了三人一眼："嗯……陈赓，这位是……"

陈赓立即回应道："三期生刘骞！"

"是的，是的，刘骞，嗯，周主任与鲍顾问谈起过……作战勇敢，勇敢……嗯，刘骞，现任何职？"

"报告校长，连党代表！"

"连党代表，很不错，很不错了……你是张际春那个团的吧？"

张际春答道："是！三师八团三营一连！"

周恩来接着道："好！是主攻部队！刘骞你要注意哟，惠州不是淡水，此战是场硬仗啊！"

当晚，各军按既定位置绕城宿营，中路军潜在城外架设浮桥。父亲安置好部队，坐下来。面对明天的生与死的关口，内心坦然。投奔黄埔就把生命交给了三民主义。黄埔岛上的风，岛上的潮，岛上的一切都深深进入了父亲的灵魂。星光照映着这位年轻军官的双肩，他既没有彷徨，也没有惧怕，随着士兵们的鼾声韵律，怀着黄埔军人的梦想，他睡着了……

十月十三日，两个团即将围攻惠州城，早晨四时，大家就起来吃早饭，饭后奉到敢死队指挥官张际春的命令，各敢死队即进入攻击准备位置。

是夜东征军总指挥部连夜开会，会议作出如下决定：1. 坚决明日攻下惠州，决心不动摇。2. 将三师八团调往北门主攻。3. 以惠州人民生命财产为重，否决用榴霰弹攻城的建议。

十月十四日，三师八团接到命令将敢死队调到北门。下午一时父亲等带领敢死队进入攻击准备位置，隐伏于北门外石桥北端竹林下，待命攻击。张际春对队长们宣读了攻城命令并加以讲解，各敢死队队长又将这个命令分别向本队士兵宣读解释一遍。

下午二时，东征军向北门及左右侧火力点进行炮击。敢死队采取不硬拼策略，父亲等又撤回隐蔽处，并将暗堡位置向炮连指明，最后决定调山炮连至距北门城楼五百米处之隐蔽位置，抵近射击，将暗堡群摧毁后，敢死队突然跃起，十人一队，战旗招展，杀声震天，挽梯铺板，抢攻至城下，父亲等挥枪飞身而上，随着手榴弹炸开通道，跃上城头。

午后四时二十分，青天白日旗已在北门城头的硝烟中迎风招展，冲锋号声此起彼伏，后续部队如波浪般涌进！在城头，在军旗下，父亲挥一把汗抬头西望，那边是他的故乡，那边是灿烂的夕阳，那边是青山叠翠的飞鹅岑，那边是泼洒在西湖中的血红般的霞光，它见证了今天的血战，也见证了近代史上这一场悲壮的辉煌！

（二）母亲的故事

母亲姓陈名德芸，字稚君，小名玉仙，笔名赤贫。四川涪陵人，家住涪陵坛神坝米市巷。母亲家境清贫，其父原是生意人，家道殷实，但中奸人假货欺诈，一败涂地，后以做小生意为生。我们的外婆生育颇多，但多夭折。母亲是唯一存活者。

一九二二年秋，母亲考入重庆女二师读书。在党团组织的教育和游曦的帮助下，母亲进步很快。一九二五年经游曦介绍，母亲参加了共青团。一九二六年十二月的一天，《新蜀报》登载了中央军事政治学校武汉分校（简称武汉军校）招取第六期政治科学生的广告。

当时重庆和四川各地的有志男女青年都踊跃报名投考。经过初试，赵一曼、游曦、童幼芝和母亲等女生都被录取了。被录取的男生中有罗瑞卿、徐彦刚、张锡龙、任伯芳、潘先知、陈刚秉、陈季让（陈毅元帅之弟）、余农治、高允斌、陈伯钧等。

赵一曼在投考军校前，已由宜宾女子中学转来重庆女二师读书。她们在报考军校前就互相熟识。她们一百八十多名男女考生的录取名单在《新蜀报》上公布后，母亲和赵一曼、游曦都兴高采烈，相互祝贺。

一九二七年初，母亲和其他男女学生三百多人，登上“其春”号客轮沿江东下。那时母亲才十八岁，个子高，梳着一条长辫子。凭栏远眺，母亲心中十分不安，无心观赏江景，忧心忡忡。

这时，罗瑞卿很有礼貌地过来与母亲打招呼，他们刚谈了几句话，赵一曼和游曦就过来找母亲了。母亲即把赵、游二位分别介绍给罗瑞卿。罗对这些女同学投笔从戎的行为十分敬佩。言谈中，大家提及各人身世及投考军校所克服的困难时，都不胜感慨。罗瑞卿安慰母亲说："家国之间，不能两顾。当今之际，还是以国为重吧！无国哪里还能有家呢！"

涪陵离重庆很近，不一会，故乡在望。出我意料之外，舟行如箭，竟未停泊。母亲那既老且贫的父亲风尘仆仆地赶到江边，眼巴巴地望着远去的轮船载走了他最心爱的女儿。

此时，赵、游二好友都来安慰母亲，说等将来革命胜利时，她俩一定陪母亲回涪陵老家住些时候。船过万县在云阳靠岸。船刚停稳，男女同学便相约登岸游览著名的张飞庙。在庙中，罗瑞卿向大家介绍了相传岳飞手书的诸葛亮的《出师表》石刻。这时，这些胸怀壮志的热血青年都不约而同地吟诵起这篇名垂千古的文章来。

船到宜昌，母亲等人换乘招商局的"快利"号轮，于一九二七年初到达国民革命政府的所在地——武汉。母亲和赵一曼、游曦住在学校当局包下的武昌斗级营街一带的旅馆内，食宿费由学校负责。当时，五湖四海的有志青年皆云集武汉，革命气氛空前高涨。武汉军事委员会参谋处作战科副科长刘骞（父亲，黄埔军校三期毕业生）是四川新都县人，他特为这些四川女同学在武昌黄鹤楼设便宴接风。复试在武昌两湖书院进行，包括体格检查和文化考试（外加口试）。复试形式与初试相仿，不过试题更难些。复试发榜时，看的人十分拥挤。母亲因小病在旅馆休息，忽有同学破门而入，高呼："陈德馨，你考上女状元了！"

最初母亲不敢相信，以为落榜了，心中忐忑不安。及至赵一曼和游曦赶来相告，母亲才知道自己真的考上女生第一名了。

中央军事政治学校武汉分校有两个大队，即政治大队和军事大队，政治大队又分为男生大队和女生大队。女生大队下辖两个区队。母亲和赵一曼、游曦都被编入第一区队学习。女生在入校前都要剪辫子，穿上军装后与男生一样。母亲和赵一曼、游曦都蓄着一条长长的独辫子。剪发时，她们相约到武昌黄鹤楼照相馆拍照留念。

武汉分校设在武昌城外的两湖书院旧址上，学生包括从广州调来的黄埔第五期政治、炮兵、工兵大队以及第六期入伍生总队等，共计六千多人，革命实力雄厚。

开学那天，宋庆龄、何香凝、孙科、谭平山、苏兆征、邓演达（军校代校长，国民革命军总政治部主任）、郭沫若（国民革命军总政治部副主任）和恽代英等都出席了典礼。

母亲和赵、游常在晚饭后同坐在操场上闲谈，相互学习，并传达组织上的指示，商量如何开展党团工作及如何搞好街头宣传工作等。每个星期天，男女同学都要分组上街进行革命宣传：演讲、贴标语、散传单，有时还化装宣传或演街头活报剧。母亲和罗瑞卿被编在一个宣传组，母亲任组长。

茅盾（沈雁冰）当时任军校政治教官、政治部指导员，常带女兵上街作宣传。他的早期著作《动摇》中所云："秀才初次去出征，不带男兵带女兵。"即指此事。

符号（即符浩）有时也参加宣传活动，母亲常和他开玩笑："喂，符号同学，你到底是标点还是符号啊？"

武汉分校当时不仅是中国革命青年的摇篮，也是铸造革命干部的熔炉。一九二七年七月，在一次行军途中搞宣传，母亲不慎把佩带的符号丢失了，邓演达代校长发现后，当即罚母亲关三天禁闭。到驻地时，母亲被关在一个楼梯底下的小房子里，只准吃盐水饭。赵一曼、游曦等都曾抽空来看母亲，安慰母亲，游曦还从楼梯扶手上传东西下来给母亲吃，并耐心帮助母亲分析粗心大意的危害。

一天，母亲和赵一曼、游曦等几个女兵奉命到咸宁乡下去抓一个土豪。她们进入土豪的大院搜索，见楼下住房陈设漂亮，楼上摆着许多盛满香肠、腊肉等腌制品的缸罐，却独不见土豪的踪影。母亲和赵一曼、游曦等便把这些食品分给了从附近地方来围观的贫苦群众。这个土豪后来还是被她们抓住了，送交给了农会。

七月中旬后，武汉分校学生提前毕业。军校同时宣布遣散女生大队，党团员另有安排。消息传开后，赵一曼来问母亲作何打算。母亲说，尚未得到党团组织的指示，现在不知如何办。后游曦来告诉母亲说："组织上决定派你到莫斯科学习。"并给母亲三张条子，叫母亲分别在武汉、上海、哈尔滨领路费。母亲问游曦："你去不去？"

游曦说，组织上要她和郑梅仙、谬德璋等三十多名女兵留在教导团，随军东征。当时母亲才十九岁，因双亲年老家贫，自己又是独生女，母亲走后无人养活他们，又没有亲如姐妹的赵、游二同学作伴，自己单身一人亦难以作万里异国之行，遂与游曦、赵一曼洒泪而别回了四川。之后不久即听同学传言，游曦在一九二七年十二月的广州起义中壮烈牺牲了；赵一曼则不知去向，后亦杳无音信。

解放后，母亲迁居成都红墙巷，带着七八个不大不小的孩子，又兼任区扫盲学校、职业训练班的义务教员，工作辛苦，家务繁重，无暇打听同学们的下落，但偶一念及故人，辄翘首望天，萦绕胸臆。

新都老家

我们的祖籍原是湖北麻城县孝感乡。清初，湖广填四川，移民新都县天元乡。祖上布衣耕耘，诗书传家，天元乡有三个知名的所在，一九六二年随父返乡，父亲曾一一指点：

其一为搭水桥。搭水桥是座廊桥，木质拱桥结构，桥身用木雕装饰，漆色鲜亮，为清代所造。我和父亲去时，正值黄昏，绿竹夹岸，暮霭如纱，波柔浪缓，夕阳西下，绿竹丛中，路径一转，搭水桥赫然眼前，真个是：“昔日茅店社林边，路转溪桥忽见。”

在川西坝子，廊桥实不多见，且搭水桥木雕饰物，精巧考究，手法细腻，布局古朴，据父亲言，童年常在桥下，沿溪而行，采野菌，如今这座古建筑可能早已不存在了。

其二为关神庙。原庙内香火鼎盛，古松盘曲，但我们去时，也只见荒烟衰草，寒鸦数点，暮霭沉沉！

其三为水碾子，即水磨房。这碾子已不在了，尚见水道遗迹，但他却有一个故事。爸爸不善饮，但在家有时也小酌一杯，便酒酣耳热了，故事也便开讲了……

从前当地有一个举人，身高体壮，孔武有力，善技击，精拳术，为人公正侠义，善饮且海量，村民凡有所求者，无不慨然允诺，一诺千金。一日，磨坊主请武主举盖求检修石滚，事毕，开闸试碾，运转自如，主人置酒款待，酒大碗，肉大块，置酒过数碗、菜上八盘之后，便猜拳哄闹，忽一人叫道：

“武举老爷，久闻老哥大名，今日一见，果然名不虚传，只是斗胆想亲眼见识一下，若你能把这个不停转动的水碾子立马停下来，才是真好汉，我……就认罚干十碗酒。”

“此话当真？！”

“当……当真！”

“好，不才要试一试！若停不住这碾子，也干十碗！”

好！好！众人劲头陡起，其中一豪士大喊：“主人若停得住它（水碾子），我输一桌酒席！”

只见郑武举就地拔背而起，双拳一抱：“各位仁兄请了！今日在下若停得住这水碾子，算托众人之福，若停不住，算在下白有这幅‘顶戴’”！

“老兄言重了，酒后消闲而已，不必认真，不必认真！”豪士拱手道。

说时迟，那时快！只见武举将长衫一脱，辫子一甩，绕颈两圈，内着一身短打，将腰间丝鸾大带一紧，走上磨盘，马步一扎，沉着运气；只见那石碾子夹着隆隆声迎面滚来，他大吼一声，开声吐气，响如春雷，用肩膀顶将上去，一时间空气凝重，鸦雀无声……

突然一声怪叫：“好！”

只见石碾子一丝不动，武举落地生根，巍然凛立，稳如泰山。但见他第二次开声吐气，一闪身下了磨盘，石碾带着怒气，响声隆隆，重新滚滚向前。

众人一涌上前，端酒的端酒，捧钱的棒钱，抱衣的抱衣，围将上来，于是重整酒菜，直吃到月上东山，尽欢而散。但见那武举敞开胸怀，唱着："马房放奎，明亮亮，灯光往前照啊！"迎着月色走去。

且说清朝时，新都森林密茂，盛产楠木，常有老虎出没林间，武举行至，突遇一猛虎，当时他也有九分醉意，猛虎一跃，将他扑倒在地，说时迟，那时快，只见他口吐白光，正中老虎口中，老虎一声惨叫，舌头朝下一舐，武举人大叫一声，挥拳猛击虎头，老虎负痛，大吼一声而逃，武举亦昏倒在地，但人们发现救回时，满脸是血，原来虎舌有倒刺，右脸已被舐平，倒是那道"白光"救了他，然"白光"—"剑光"否？！武举愈后言道："非也！当时酒往上冲，惊吓之下不胜酒力，盖'烧酒'与'红烧牛肉'之类也！"

总之，新都是传奇纷呈，豪气激荡，山清水秀的小镇。

遍地烽烟避石桥

“我的家庭真可爱，父亲母亲都健康……虽然没有好庭院，冬天温暖夏天凉……”

这是运慧大姐教我们唱的，也是我们喜欢唱的歌。当时正值抗日战争，兵荒马乱，漫天战云，遍地烽烟。为了逃避战火，哪管冬严寒，夏酷暑，我们这一大家子，抛故园，离乡土，从南京逃难到武汉，从武汉逃难到重庆，从重庆逃到简阳石桥镇，在一个月黑风高的夜晚，我们举家又迁徙至成都。在这颠沛流离的逃难中，哪还有什么冬暖夏凉的庭院！但是，逃难路上，大姐姐却非常喜欢唱这个歌。可能是她深深依恋南京的庭院，也许面对这颠沛流离的生活，想给这一家子注入一点点温暖……

正是，有一阕《满庭芳》唱道：

酷暑严寒，穿云度月。怅望家国关山。兵荒马乱，处处起烽烟。昔日梁上飞燕，谁家去？舞遍堂前！金陵泪，神州版荡，何处是家园！

逃难！贤父母，拖儿带女，去路八千。击节歌雅韵，柳浪莺喧。何惧蛇蝎当道，天伦在，我自安然！还应是，道情情了，字正唱腔圆！

（一）

且说我们这一家子，有一大家人。爷爷叫刘文彬，还有婆婆、外婆。爸爸学名刘盛根，名刘骞字克谦，妈妈学名陈稚君，名德芸。从南京开始逃难时，已有七个兄弟姐妹。按刘家宗族族谱，我们是运字辈。族谱班辈诗如下：

诗秀凤源祖　仁义守忠臣
永远昌盛运　世代启文明

写诗的老祖宗大智大慧，料到繁衍至二十一及二十二世纪，子孙会进入高度文明的信息时代及航空时代了！

妈妈开始连生五朵金花。她们的排名是：运慧、运明、运聪、运俊及运英。小名是：新都、紫英、三宝、四宝、五宝。据说，此时婆婆尚不知民国已兴，革命军人只能一夫一妻。她竟然劝儿子讨小老婆，当然为父亲所拒绝，从此婆媳关系就如此这般了。在五朵金花之后，母亲一口气连生五个金童。他们排名是：运智、运仁、运勇、运诚与运道。奶名为：凤飞、鹏飞、龙飞、雄飞和剑飞。实际上这些奶名一天也没叫过。这五金童之小名是：哥儿、小兵、幺毛、毛弟和毛乖。为何有五飞之说？都是沿起于凤飞之名。据说，母亲生大哥前夜，刘老太爷做了一梦，梦见一白胡子老汉自称王凤飞者，赶一群羊，请文彬老爷笑纳。天一大亮，果有人来报："恭喜老太爷，贺喜老太爷，添了个白胖白胖的长孙！"

于是我们这位以耕读传家，白日躬耕于陇亩之中，入夜苦读于皓月之下的老秀才，口占七绝一首，说：

昨夜凤飞入梦乡，今朝黎阁果生光。
将来定作中流柱，继起吾门万代香。

此诗一出，我等一一飞来。五金童横空出世之后。又得一女两子。运蓉、运中、运国。小名：圆妹、大弟娃、巧巧。兄弟姊妹共十三人，人称十三太保或十三太宝是也。

家严常说：“十三太宝之嘴吧，总宽为一尺三寸，每天要喂好多饲料，一日不得短斤少两。这事非同小可！”此是后话，暂且不表。

（二）

我对家有记忆，是从重庆开始的。当时我家住在南岸上新街。爸爸是何等模样？完全没有印象。记忆中的家，只有妈妈、带我的姑姑以及我自己。偶尔，还闪过一只小猫及门外的条可怕的黑狗。好像其他的姐姐哥哥都不存在，既没有他们欺负我，也没有他们爱抚我的回忆。记忆中，家只是一大排玻璃窗还有很多床而已。玩的地方，只有当兵练操的操场和一个旗杆台。在旗台上学教官的样，向当兵的发表我的抗日“演讲”：

“你们是大兵，我是小兵！”

“打倒日本鬼子！”

就这样，日本鬼子是我来到人间最憎恨的第一个对象。从此以后，爸爸、妈妈、哥哥和姐姐都叫我“小兵”。至于在重庆，还留在记忆里的，那就是上山躲警报的事情。记得那是个夜晚，一位叔叔挑着我，（那一头必定是哥哥，这是以后才熟知的大人物）沿着石梯子坎，一步步登山，在箩筐里看见山下远处的市区，信号弹五光十色，在夜空里非常好看。但大人们都说，那是汉奸在打信号枪。从此汉奸便成为我来到人间最憎恨的第二个对象。后来，据母亲讲，那就是重庆一九四一年六月五日大轰炸，我们在黄角桠躲警报，躲过了这一劫。

在重庆挨轰炸也就罢了，反正逃难逃到这一步，似乎也无好去处。后来听母亲讲，却又出了两件让这一大家子吃饭成问题的大事。其一是与二舅合伙做生意，亏得血本无归。其二是一次躲警报时，家中一佣人将一口装有细软的皮箱提走，不知去向！正是："屋漏偏遭连夜雨，行船又遇打头风。"

何况又添人进口，幺毛、毛弟又加盟刘家。这两个小家伙，肯定属那群羊，他们按部就班而来，一年"笑纳"一个，也不管时事艰难与否。

至于那位提箱的梁上"君子"，抗战胜利后，父亲在武汉街头遇见了他，行乞街头。他双膝一跪，磕头作揖。父亲道："你偷了那一箱东西没有富，我也没有穷。起来吧，这里有几十元钱，拿去做个小生意。以免流落街头！"此是后话。

总之，由于种种原因，促使我家离开了重庆，向西部作战略转移。其实从南京撤退时，我家就兵分两路西行。一路是由爷爷带领婆婆、外婆、二姐、三姐和五姐，先行回到四川新都老家。另一路则随爸爸妈妈西行。

爸爸终于谋了个简阳食糖专卖局局长差事。爸爸、哥哥和我先去简阳石桥镇，从此开始，这位大哥才进入了我的记忆。

我记得那是一九四二年一个寒冷的清晨，我们离开重庆。山城笼罩在一片似雾非雾、似雨非雨，只有四川所特有的晨雨中。但从此开始，我的记忆却愈来愈清晰，有如迷雾随寒风散去，不再混沌，也不再朦胧。

那天爸爸穿了件灰色的人字呢长大衣。

"儿子，我们坐特快车到石桥去。"

"妈妈她们呢？"

"她们随后就来。"

上了“特别快车”后，我和哥哥分坐在爸两侧，他叫我们伏在他腿上，用大衣下摆蒙着我们的头：

“儿子，睡觉！”

于是“特别快车” 就出发了。所谓“特别快车”，既不烧汽油也不烧柴油，抗战时汽油紧缺，烧的是木炭。它在这难于上青天的蜀道上一摇一摆，走三步停一步。如果前面路上有几个石头挡道，司机助手必定下车飞跑上前搬开。若是遇见上坡，这部“特别快车”就更特别了，十之八九要请乘客赐步下车，这车更特别的事，它老待在原地喘气。因为除请乘客“特别”赐步外，还要请大家“特别”赐力，推着车，与“特别快车”同步喘气，爬上坡顶。不管乘客如何抱怨、诅咒和威胁，不管每天抛锚、修理，多难堪，多辛苦，这部“特别快车”和它的司机，总是不断地哈着腰，卑谦的道着歉。顽强的，无怨无悔的，迎着岁暮的寒风，载着这批怨气冲天又无可奈何的旅客，在艰难的蜀道上，一步三叹地向前、向前。就这样，我们在路上过了大年。大年三十晚上，我们歇在一个小镇上。天气贼冷，正在冻雪，街上漆黑，寒风刺骨。我们父子手牵着手，与一车乘客一起，找了几家饭馆吃晚饭，但都不接待。最后，终于有家好心的旅店接待了我们。炒了一锅蛋炒饭，上了几碟泡菜，算是一顿年饭。但也是我一生中最甜美的蛋炒饭，胡乱睡了一夜。第二天起来一看，好一个漫天风雪。好心的店家准备了汤圆还有醪糟。早餐后，“特别快车”载着我们一步三叹地移出了小镇。初一这一天，“特别快车”居然没抛锚！经过千辛万苦，有如西天取经，我们终于到了石桥，只听得乘客们舒了口长气。那天好像是大年初三。

（三）

石桥镇位于沱江之滨，成渝公路穿镇而过，水陆交通方便，是四川千里沱江上的四大古镇之一。石桥古镇有2000多年的悠久历史，早在汉朝时，这里就开始生产井盐。清朝时期，还在石桥设立了管理盐务的机构，收取盐税。明末清初，随着“湖广填四川”浪潮的兴起，来到石桥镇经商的外省人逐渐增多。同籍的外省人组成了同乡会，而会馆则是他们的聚会之地。在石桥镇街上，外省人先后建起了福建会馆（也叫天后宫）、广东会馆（也叫南华宫）、陕西会馆（也叫关帝庙）、两湖会馆（也叫禹王宫）、江西会馆（也叫万寿宫）、贵州会馆和协调六省移民、商人纠纷的机构“六省会所”。成为名副其实的移民古镇。此外，移民们还相继在石桥镇境内修建了海潮寺、元觉寺、火神庙、川主庙等10座大大小小的庙宇以及多座牌坊。至于古镇周边的洞、亭、阁、井，当然就更多了。千百年来，石桥镇一直是连接川西、川中、川东和川南各地的水陆交通枢纽和物资集散地。石桥镇过去商业发达，各种货物的吞吐量大，因而水上运输也相当兴盛。上海、武汉、南京、重庆、泸州等地的商人经常云集石桥采购货物，于是石桥成为远近有名的“小汉口”。

民国时期，石桥水码头就有200余只木船。这里木船已达600余只，加上外地来往船只，石桥水码头停靠的船只有时多达千只以上，出现了规模惊人的“水市”画卷。抗战时期是石桥古镇最辉煌的时期，这里曾经是川中有名的金融中心、商贸中心和水陆码头，全国十三大银行在此设立了分行，镇上有六大会馆、九大码头、一百多家茶铺，也是过去简阳县的衙门所在地。正是“好个简州城，生坏了石桥镇”。

在石桥，初时，我们爷儿三人住在父亲的一个朋友家里。我们住楼上，每天我睡在床上，从窗子望出去，看见伸在窗前那颗大树发了芽，长了叶，结了果，鸟儿在吃红红的果儿。我想，妈妈该来了……

果然妈妈他们来了。他们是坐飞机来的。原来在石桥有个美军机场。妈妈带着大姐、四姐、幺毛与毛弟腾云驾雾而来，虽然不及“特别快车”听起来“特别阔气”，但至少要舒服、神气得多！姑姑呢？她回新都去了。

妈妈来后，我们搬了家。新家是食糖专卖局的二堆栈。所谓二堆栈，实际是两湖会馆“禹王宫”。禹王宫离石桥正街不远，雄踞于高坡之上。坐南朝北，俯视沱江，成渝公路在足下穿过。从公路旁，沿坡劈一岔道缓升入宫，约数十米之遥，两旁芭茅丛生。禹王宫规模宏大，气势轩昂，古朴苍雄。从东门进得宫来，迎面而来者，是一方天井，青石面地，大若广场！右侧南向为一巨大戏台，两侧则是雕栏玉砌般的耳楼。面对西向，则是一排两层楼的会馆寓所及供奉菩萨殿堂。左侧南面有一大殿，置糖数百包。进门向左，从大殿左侧经数重门及无数糖包，沿石梯拾级而上，是观音殿，供奉的是千手观音。左有侧门，一进门豁然开朗，别有洞天。天井、古树、正房、厢房、书房与回廊。布局隽秀，法度井然，是一处隐居乱世，苟全性命，修身养性的好所在，我们管叫它方丈室，盖为主持所居之处所也。但可怕的是，这里简直是蛇的天下。糖包内藏的是蛇，阁楼上住的是蛇，晚上回家路上有蛇，早上起来一看，天井中那棵老树上，好多蛇皮迎风招展……

除蛇而外，就是大大小小的蜘蛛。其实何来幽居仙舍，避世桃园，实在是一座古刹荒殿，断墙颓垣！面对如此环境，每逢初一十五，母亲都要将宫中的菩萨敬遍。我们全家居此经年，从未被任何毒虫侵害，真是“南无阿弥陀佛”！在方丈室右侧还有个好的去处，只要你闭上眼睛，蒙上耳朵（以防四足蛇掉尾巴，钻耳朵），冲过那条不长的，但黑得来伸手不见五指的甬道，就到了观音殿的后面。后殿供一尊韦陀菩萨，对面则是一面山岩石壁，石壁上镌刻了十座神龛佛像，佛像突出石壁，悬空凿造。韦陀殿下至石佛间，地面皆为天然山石磨平，光洁如洗，真可谓“曲径通幽”。有时，母亲带着我们来到“后院”玩耍。看蚂蚁搬家，黑蚂蚁是日本鬼子，黄蚂蚁是我们中国人，这是那时的公认约定。不准黑蚂蚁欺负黄蚂蚁，是小娃儿抗战的表现。一边用饭粒喂黄蚂蚁，一边还要唱：

“黄酥黄酥蚂蚂，请你家公家婆来吃 ga-ga，大哥不来二哥来，吹吹打打一路来。”

ga-ga 者，指肉也。可能是肉粑粑的变音，家公家婆要念成 ga 公 ga 婆。这才原汁原味。后院还有种昆虫叫地牯牛，它逃跑时是倒退，非常有趣。在其他地方再没有看见过了。若是天气晴好，我们可经左边的一条小道登上庙左侧的山坡。山坡平缓，绿草如茵，有放羊的，种棉花的，放眼望去，沱江上白帆点点，波光粼粼，衬着蓝天白云好看极了，尤其是那个飞机场尽收眼底。

“那是妈妈坐飞机来的机场！”

妈妈是最疼爱我们的，她听说这里有“简阳的包子石桥的面”，就带我们去吃简阳的包子，吃石桥的牌坊面。去冬瓜园买冬瓜，那个冬瓜比我还长还大，吊在瓜架上。去青菜园买青菜，那青菜有我高！我们还喂了只大公鸡，红冠、金翅、黑尾，雄伟异常，专吃蜘蛛，我只敢远远向他致意，怕他啄我。

在石桥令人最难忘的是当地的“捉韩林”。韩林何许人也，各有说法。在川北说韩林是旱魃。每年春夏之交令人扮作韩林，群起而捉之，但不伤其性命。石桥的韩林似乎是大逆不道，对母忤逆不孝，人人得而诛之的逆子。为了祈雨，他又成为旱魃。在坡上种棉花的老大爷给我讲：

“早年捉韩林是各会社出资，物色一叫花，自愿扮韩林，四处逃亡，在一定期限内，未被打死，那笔钱财，就归他所有。但如今只有捉住而已，不能伤他性命。”我站在山坡上，看见村民们拿起扁担拿起锄头高喊：“捉韩林呀！”

看见韩林在田坝上奔跑，我心中还是跳个不停，但愿菩萨保佑捉不到！

尽管有不少趣事，但寄居古庙，傍晚是寂寞的。父亲经常在回廊上正襟危坐，面对一盏油灯，缓缓击节，悠然而唱：

晚来秋风，吹呀，吹呀吹得我心动。
独坐无聊甚情趣，
摇摇不定蜡灯红。
听何处，玉笛一声儿，声声吹得我心动。
何况那，笑哈！笑哈！笑得梧桐叶儿响。
又夹着铁马，铁马儿叮当！
怎不凄凉，怎不感伤！
一年年的好景，一日日的流光。
一场好梦熟黄粱，
怎不叫那春花秋月笑人忙！
待明朝揽镜看，
皤鬓翻翘又添上几重霜！

廊外皓月清晖，树影摇曳，廊内儿女环绕，齐声唱和。他双眼微闭，或低声漫吟，或击节高歌。时而晚来秋风，悠然自得，时而北伐军歌，慷慨激昂！父亲此时不知在想什么？是他投笔从戎，千里投奔黄埔？还是拼死登城，飞身突击惠州？是金戈铁马，北伐转战征程？还是陵汉分立，金陵飞檄羽书？是召见洛阳，劝降阮玄武？还是神州板荡，日寇纵横，自己却对此月白风清，吟唱晚来秋风……

不仅我当时万万不能理解，就是现在也不明白。

但后来发生了一件事，使我们永远离开了石桥镇，永远离开了二堆栈禹王宫。原来省里来了个不大不小的视察官员，架子大那还罢了，左刁难，右刁难。关键是要塞包袱，送银票。最后干脆开牌，要放五百包糖，上成都卖黑市。我们那位黄埔军人爸爸当场扇了这个视察一个耳光，把手枪在桌上一扳：

“要走私？看看这个家伙！糖，没有！”

“好说，好说，别认真，玩笑一句，兄弟告辞，告辞……”

从那天起，父亲就辞职不干，挂冠而去！这次是妈妈带领一家老小先走，在一个初秋月黑的夜晚，搬进了成都少城窄巷子四十八号。那是后来任成都市市长乔诚先生借给我们住的。

一九五七年夏，我从渝返蓉，火车经过简阳，在清冷的晨雨中，看见禹王宫还站在坡上，依然是那么古朴苍雄，它透过晨曦，伫望着沱江，当下，写了一首《破阵子·晓过简阳》：夜雨急催游子，凉风暗送乡愁。独叹年华十数载，梦断三更冷似秋。大江带雨流。述怀怕追往事，对酒怎得消忧？无语凭栏山水过，欲曙微明客路悠，雾寒锁简州。

陈年旧事窄巷子

（一）

一九四一年春，正值旧历大年，老爸谋了个四川食糖专卖局局长的差事，我和大哥随父亲先去石桥镇。“专卖局”在简阳石桥镇办公。母亲带着大姐、四姐、幺毛及毛弟是随后来的。母亲来石桥前，我们寄居在父亲的朋友家中。那是一栋舒适的两层木楼，坐落在花园中。我们住楼上，睡在床上透过宽大的玻璃窗，可以看见园中景色。

园中有株高大的构树。妈妈来后，我们搬了家。那正是构树的果儿红了，鸟儿们飞来飞去，争相啄食鲜红果儿的时候，我们搬进了毒虫遍布，蛇蝎成群，既荒凉又可怕的食糖堆栈——禹王庙。尽管背靠野岭，身居古庙，但还是能听到令人发抖的凄厉的防空警报声，还是能看见划破夜空，令人恐怖的信号弹。我们有时下到山涧深处去捉螃蟹，有时跑上山坡骑山羊玩。有时妈妈带我们去瓜园摘冬瓜，那冬瓜吊在瓜架上，砍下来比我还大还长。有时妈妈带我们去菜园摘大青菜，那大青菜我还抱都抱不动。冬瓜与白片肉的连锅子汤，骨头汤煮大青菜沾豆瓣酱，鲜美极了！有时黄昏去爸爸办公处玩，与老爸四目相对，看谁先眨眼，谁就输了。然后随同老爸打着火把回家，穿过两侧有一人高的芭茅墙小道。

“注意脚下，不要踩到蛇！”那是多么紧张而又刺激的旅途啊！

说起来还是要感谢那位想发国难财的省特派员，要老爸放五百包糖去成都倒卖，大家发点小财。谁知这位黄埔学生有财不发，把手枪往桌上一扳："你老兄要看它同意不？"

此后，老爸便挂冠而去。对我们说："走！成都去！"

在深秋的一个上午，我们被装进了一部敞篷道奇大卡车。妈妈带着毛弟，坐在驾驶室内。我们几姊妹连同在石桥收养的"迎春"，还有两个勤务兵，坐在后面。我们睡在厚厚的棉垫上，盖着厚厚的被窝，暖和极了。汽车在淡淡的薄雾中开动了。

再见了石桥！走，成都去！

一路上，受着大姐严格的管制，不准起来看外面。在被窝内，我很快睡着了……

（二）

"小兵，起来，起来，到了，到了！"

是大姐姐在叫我，掀开被窝睁眼一看，四周漆黑，天上没有一颗星星，是个月黑头，车下有几支手电筒光在摇晃。被抱下车，高一足低一足被人牵着，进大门、穿院坝、上阶檐，到了上房。房内已点燃几支蜡烛，四壁如洗，没有一件家具，大人们正在打地铺。不久笛笛两声，汽车开走了。空房烛影摇曳，秋风入窗，我不由打了个寒噤。忽然从巷子远处传来"咣咣"的铜锣声，

"二……更啰！""咣咣！"

"二……更啰！""咣咣！"

我们第一次听见打更的吆喝声，这吆喝声由远及近，越过墙垣，透过窗楹，显得那样陌生，那样凄清。凝神听来，不由让人陡然想起，啊，这就是成都了！

稍事停当之后，大家都感觉饿了。在这深秋的陌生的城市，在这黑灯瞎火的深巷里，又起了二更，哪里去找热食喂饱大家，真是难坏了妈妈。突然，在静寂的秋夜里，隐约听见远处传来一声：

“抄手……面，哟！”

又一声“抄手……面，哟！”

妈妈叫道：“快开门，担担面来了！”

打开大门，只见远处一点灯光，在深巷里闪烁，愈来愈亮，愈来愈清晰，一副担子，一头担着精致干净的、放作料苕子碗筷的红漆方形小台柜，另一头是木柜里装作圆形泥护小火炉，上面炖了一口热气腾腾的鼎锅。霎时觉得这世界不是这么冷漠，这成都的秋夜并不凄清。我们吃了软乎乎、香喷喷的抄手面，我们还吃了热辣辣、麻烫烫的担担面。

忽然那巷子远端，又传来了吆喝声：“附油汤圆！醪糟汤圆！”

远处的一点灯光，闪烁着，又越来越亮，世界原来是这么多彩！成都深秋漆黑的深巷，原来是春风拂面。于是我们又吃了香甜的芝麻汤圆，妈妈吃了她最爱吃的醪糟汤圆。

啊！这就是成都，这就是成都的少城！

（三）

过后几天，当然是人来人往，熙熙攘攘，进进出出，搬来家具物件。最惊奇的是，老爷他们把石桥那只专吃蜘蛛、蜈蚣的大红公鸡也拿来了。我最怕它，它跟我一样高，紫尾红冠，威风凛凛，我生怕它啄我的眼睛。

这几天没有人管我，其他兄弟也不知在干何事，我正好摇摇摆摆，把这公馆探个究竟。

先说门洞儿。我们公馆的门垛儿与现在复古后的三十六号门垛儿一模一样。我们家是三十八号，不知是我记错了，还是他们弄错了。只不过原来我们的大门上画了两个门神，一个秦叔宝，一个尉迟公。现在的三十六号没有。

进得门来，是一个颇大的玄关。玄关内正门除了有贵宾及大事时是开的，平时是不开的。平时走玄关的右边侧门进出。进入院内，中间是一条三合土路，直通房廊的阶檐。路左边院坝种有三株高大的汽柑树。沿街的围墙后有两株茶花树，一株红茶花，另一株是白茶花，茶花树后是一株桃树。在路右侧园中有株腊梅，还有株红梅。在登阶檐的三级石梯两侧，有两株高大的桂花树，一株银桂，另一株是金桂。登上两米宽的阶檐，正面是三大开间，从左至右，正房、堂屋、厢房，坐北朝南。阶檐东西两侧房突出，开有两圆门相对，西侧为书房门，东侧为通向后面厨房的过厅门，后来过厅用来堆放劈柴。堂屋西侧为正房，正房西侧，有一门通书房后的孩子居室，居室后是一杂屋，我们称它为空房。堂屋后是退堂儿，下面是后院天井，天井西侧有一高大的春芽树及野山茶树。据说这里原来的房主是位旗人，在云南当官，野山茶树是他返乡时特地从云南运来的。这山茶树枝繁叶茂，绿叶如盖，开花时，朵朵红花，花蕊张开，如繁星点点。东侧为厨房后的污水井，后墙是用青砖砌的高大的风火墙。房子是斗木结构，墙壁是竹片编织，再用黏土和稻草涂敷，最后粉上白石灰。

正房当然为妈妈爸爸及最小的娃儿的居室。我、大哥、四姐与幺毛住在孩儿室。我睡上铺，下铺是何方神圣，不得而知了。厢房为大姐居住，厢房后有一住房与厨房相通。后为远房亲戚专司做饭的潘婆婆住房。住房铺的全是宽大的原木地板，堂屋则是青砖面地。后堂最可怕，里面放了一具黑漆棺材，据说是业主父亲的寿材。

现在，写之至此，有人就要问了：厕所呢？答说：没有。成都少城原为满清旗人特区，连下水系统也无。特别是旗人公馆，是没有厕所的，每家均备马桶以作排泄之需。我们全靠那红漆马桶解决大便，痰盂解决小便。只不过一大早就必须将马桶、痰盂、粪桶及洗水桶之类，一字儿沿街排开，即所谓“倒马桶”，等待拉着粪车或挑着粪桶的农民兄弟收走，于是满城“飘香”，刷声不断。转运出城，即是有机肥料。这便是当时成都的一道风景线！至于无下水系统怎样排水？原来窄巷子、宽巷子及支机石街等，皆平行，东交接于长顺街，西交接于同仁路，同仁路与西侧城墙平行。这些巷子的标高又均比同仁路高一米左右，一经下雨，雨水即汇集流入同仁路，危害靠城墙而居的棚户人家，或从城墙缺口流出至护城河。尽管如此，只要一下雨，还是满巷泥浆，寸步难行。特别是靠长顺街口的一菜市场，更是像个泥塘。那时，你绝无那种打着油纸伞，漫步雨巷的浪漫情怀。据说，有一个公务员的徽章掉在泥浆里，自己摸了半天，结果摸起个丘八的烂帽徽。又有一个太太把玉簪掉在泥浆里，叫丫头去摸，摸了半天，结果摸起个丘九（那时喊学生娃儿喊丘九）的烂钢笔。

但我们那座公馆的院坝，只要把有门神的大门一关，却是既干净又温馨。院坝内四季飘香，整年浓荫满地。那临街及左右古老而厚实的土墙上长满了长长的墙头草，它在晨风与晚风的吹拂下，总是温柔而妩媚地摇曳着。

这座公馆就是当时成都市市长乔诚先生借给老爸这一大家子的安身之所。

（四）

定居窄巷子后，我还未上小学。大姐姐就读于树德女中，四姐与大哥不知就读于何处。我对幺毛与毛弟这两个小家伙竟然毫无印象。

每天早晨，妈妈进屋时，叫我："小兵，跟我走。"

于是我就亦步亦趋地跟着妈妈走，妈妈一边做事一边教我《千家诗》。就这样，我竟然背得了几十首。除了这些经典的诗的背诵外，在窄巷子，我还学了好多其他的文化。

爸爸教的歌："绿野歌兮，绿郊绿郊，春水绕孤村。几树桃花，几树杨柳，几行新竹生。……"

妈妈教的歌："云儿飘，星儿摇摇。爱唱歌的人，爱说话的鸟都已经睡着了，待我静静的观瞧……"

"工农兵，联合起来向前进，消灭敌人，我们奋斗，我们牺牲，杀向那帝国主义反动派的大本营，最后胜利属于我们工农兵！"

妈妈教的儿歌："粑粑掌，油煎饼。你卖胭脂，我卖粉，卖到扬州赊了本，买个骨头大家啃，啃又啃不动，丢到河里滨滨嘣！"

"王婆婆，在烧茶，三个观音来吃茶。后花园三匹马，两个童儿打一打，王婆婆骂一骂，隔壁子幺姑儿说闲话！"

"扯锯还锯，吃了奶奶再来锯。外婆门口有台戏，请外孙来看戏，看了戏吃啥子？牛肉包子夹狗屁！"

大姐姐教的歌：“工农兵学商，一齐来救亡，举起我们的武器刀枪，到前线去吧，走向民族解放的战场……”

大姐姐讲的白雪公主，小矮瓜的故事。她教我唱的游戏歌谣：“点足般般，足踏南山，南山大斗，一丈二斗，猪蹄马蹄，酱油炒蹄，新官上任，百官去蹄，每人缩足，缩只猪足。点到小兵的臭蹄蹄！”

勤务兵教的歌：“军长嘛，师长嘛，连排长，打不溜秋，打不溜秋，上前方，一支枪放枪！”

“楼上嘛楼下客，听我幺师打交涉，三更灯要灭，门要撇。夜壶头屙屎要不得，要屙屎，有草纸，不要撇我的床筢子！”

“只见前面来了一人，身高丈二，发赛钢针，伸出一只蓝靛手，拿着扳门大砍刀，大吼一声如鸡叫，鼓起眼睛像花椒！”

除了这些老师们教育的知识外，便是一年四季，一天到黑，走过深巷，吟唱演奏的成都“市声”（那时把叫卖声雅称为市声）了。

“有那棉花烂帐子，有那皮箱烂帐子，有烂铜烂铁拿出来卖，有烂玻璃瓶子拿出来卖！”那是收荒匠。

“橙子哟，甜橙子。”那是卖橙子的。

“叮当，叮当！”小锤子与铁板敲着，那是卖麻糖的。

“叮叮叮叮……”用匙羹与装卖水的碗的弹击声，那是卖冰粉儿的。

“邦邦，邦邦！”用木棒敲着空竹，那是卖蒸蒸糕的。

“叮叮叮……”那是卖烘糕的。

其他还有卖地瓜、花生的，卖糖炒板栗的，卖烧红苕的，卖糖豆花儿的，卖大头菜夹锅魁的，卖夫妻肺片的，卖抄手面的……

还有那些属于“高科技”，如挖耳朵的，补锅的，补碗的，掏牙虫的，算命的，取脸痣的……

他们都以独特的声响或独特的韵白，有如自己的注册商标一样，悠长而亲切地歌唱着、吆喝着、敲击着，走过深巷。你要是能在第一时间就能分辨出那是什么，这才是本事。

另外，少城订牛奶是每天早晨或下午由卖家将奶牛赶到订户家门口，当场挤奶，以示货真价实，童叟无欺。不过每次妈妈都要喊我：“小兵，过去看罐子里头有没有水。”

“妈妈，没有！”

对于还没有上过学的我来说，我拥有的知识确实太多了，太有才了，太有学问了。

（五）

在我上学前，妈妈也经常带我出去活动。

首先是赶场，赶青羊宫。一遇上赶场，妈妈总要为这一大家子买油、盐、柴、米。一到赶场，青羊宫前面那个坝子，青羊正街、青羊下街及百花潭，直到城墙拐弯处，人山人海。我家住在窄巷子，只要从同仁路向南走到金河，过桥就是通惠门西校场。在那里就有鸡公车去青羊宫，一般我都是坐鸡公车。鸡公车出通惠门城墙缺口向左拐，沿城墙下大路走到百花潭，过一石桥，石桥右手是一所疗养院。再向西直走，右拐即到青羊宫。青羊宫门前有一个大坝子，这就是米市及柴市。米是论斗论升卖，只见那个戳米的，手法绝对属于“高科技”。他将戳箕装满米后，高举过肩，挽一大花，米倾然而下，贯满米斗，再用米括子刮平，吆喝一声：

“一斗！”

待买家确认后，用括子在斗外壁一敲，米即下塌数寸。所以每次量米前，都要喊：

“师傅印好点儿哟！”

柴是论捆卖，都是青杠树，锯成一尺长，用篾条轧成十二根一捆，装满板车，妈妈每次都买一车。油与盐在青羊下街卖，油是一篓篓的青油，盐是一板板的青灰色锅巴川盐。青油要用大火熬熟，盐巴要用柴刀砍成块。青羊宫下街两边尽是铺面，有糖油粑粑、三大炮、凉面凉粉卖。那是跟着赶场的娃儿最盼望的场所。

有一次赶场，在米市我因迷恋量米师傅的“高科技”与妈妈走失散了。当我发现妈妈不见时，骇得大哭起来，幸亏好多好心人找来站在坝子中间穿黑制服的警察，他们叫我站在警察旁边不准乱跑。不久，只见妈妈气喘吁吁跑来抱着我，现在我还记得妈妈那满面通红满头大汗着急的样子。

赶场回家，柴是卖柴的板车送，其余是喊鸡公车推。

在窄巷子与宽巷子之间同仁路侧，有一茶馆，茶馆内有个剃头铺（当时少城对美发中心的叫法），剃头铺内有两个带诏（当时少城对美发师的叫法。据说清初规定留辫子，剃头师傅带有圣上诏书，即留发不留头，留头不留发是也）。

当时我们妈妈，有四个属于留头不留发的小脑壳，即哥儿、小兵、幺毛与毛弟是也。每月我们都是妈妈带领，带着满头蓬发，去留发不留头或留头不留发。结果，当然我们总是留头不留发，四个新小光脑壳排队而归。同时我们还可以在茶馆门口摆的糖饼儿摊上享受一次转糖饼儿的权利。结果不是四个就是只有两个糖饼儿。但我总觉得玩转糖饼儿比在拉斯维加斯玩老虎机有趣多了！

有时妈妈居然晚上带我去看戏。这可能是大哥坐不住，幺毛、毛弟又是小毛头的缘故，因此我就成为最佳人选了。令我记忆深刻的是在国民大戏院，金焰和白杨演的话剧《罗密欧与朱丽叶》，曹禺的《原野》，在商业街励志社演的京剧《刺虎》《王佐断臂》及《陆文龙》等抵抗入侵的爱国历史剧。那是宋美龄办的抗日孤儿京剧团演的。

有时只要爸妈高兴，心情好，我们也有夜生活。在东城根街祠堂街口子上，有家茶楼。每天晚上，著名的竹琴大师贾瞎子在茶楼上设座操琴，场场爆满，红遍少城。爸妈带我去听过《三顾茅庐》《俞伯牙碎琴》及《李亚仙义救郑元和》。有时也带我们去"燕时春"吃夜宵，吃蒸饺、汤包。

家居窄巷子时，我家有两次大的公众活动。一次是爸爸开书画展。祠堂街少城公园大门左侧有一荷塘，荷塘东侧就是成都展览馆，书画展即在展览馆举行。开馆那几天，我天天跟着勤务兵去玩，只见人山人海，热闹非凡。我们那位喜欢画画的大姐姐更是兴奋异常，带着我指指点点，详加讲解。现在我还记得，展出的有张大千在敦煌作的大量的素描，徐悲鸿给爷爷作的油画肖像及奔马图等国画数张。齐白石的虾，宋徽宗的神鹰，八大山人的扇面，何香凝的梅花，梁鼎铭、梁佑民的万马奔腾长卷及数百张甲骨文拓片……

据一九四二年十二月十八日《新新新闻》报道：

"本报讯：刘克谦君，擅长书法，早已驰名。此次询友好之情，于明后日假美术协会，展览近作，并附展刘君收藏古今名人书画，海内名家，大多荟萃一堂，其中尤以所藏之二百五十张甲骨拓片，尤为稀世之珍……”

一到中午，我们就到半边桥街吃豆花饭，安逸得很！

另一次公众活动是爷爷婆婆在新都仙逝后，老爸为他们在文殊院做道场。文殊院始建于唐代，称妙园塔院，后宋时改称信相寺，毁于战火。康熙年间，在荒草迷雾的废墟间，红光罩顶，文殊菩萨显圣。康熙三十六年集资重建，改称文殊院。康熙爷题赐“空林”，故后有空林佛学之说。

道场做了一整天。山门处设有鼓乐，凡有客来，鼓乐大作。我与哥哥披麻戴孝，浑身孝服，跪在灵堂，当来客尚飨时，我们仆伏致谢。

（六）

入住窄巷子后不久，我发蒙念书了。将军衙门小学，是我的第一个学校。

窄巷子口子与长顺街口子交汇处，是一菜市场。出窄巷子口子向右拐，再往南走至金河，左拐，即黄埔中学大门。黄埔中学东侧即原将军衙门，它对门就是将军衙门小学了。我入学时还进行了简单的面试。在等待面试时，我与一个张永桓的小朋友坐在一起，我们相互许诺，今后永远是好朋友。

我们的班主任是个东北姑娘，“九一八”流亡来的，姓赵，我们叫她赵老师。高个子，白皮肤，大眼睛，长辫子，说一口好听的北平话。她平时并不特别喜欢我。一天礼拜六，她把我叫到办公室，轻声地问我：“运仁，你家住哪里？”

“窄巷子三十八号。”

放学后，她来到我家，给妈妈说，明天要带我去会男朋友，可以不？第二天一大早，妈妈、大姐姐把我打扮起来，又教了好些规矩。

“不要把赵老师的事搞糟了，要听赵老师的话！”

妈妈用家中的包车送我去西胜街赵老师家。

赵老师住在一个大杂院内，她住楼上。等她下来后，包车把我们送到一家茶楼。这家茶楼与成都的茶馆大不相同，有小笼包，蒸饺及各种茶食卖。赵老师的朋友，早就等候在那里了。他是一个高大的北方人，穿军装，很英俊，是空军。当然，我除了对付那些好吃的东西外，就是文文静静、规规矩矩地坐着。他们谈些什么，我也不懂。回家后，已近中午了。家里人围着我问这问那，我只记得那天，我没吃午饭就睡着了。当演员辛苦！

后来，赵老师结婚了。

学校要举行演讲比赛，这与我何干？我们是低年级。但是大姐姐坚持，一定要我报名，于是我就懵懵懂懂报了名。现在大姐姐就是总导演了。姐姐写了讲演稿《王冕的故事》。那时大姐姐已得肺病了，住在百花潭那个疗养院。我一个人从家里走到她那里，她教我声调的抑扬顿挫，教我边讲边做的表演动作。到比赛那天，妈妈把从南京带回来的兔耳朵白色连衣连裤绒衣拿出来给我穿上，化了妆。一到学校只见讲台下面人头攒动，该我上场了。我小，也不懂害怕，把姐姐教的朗诵，把姐姐教的动作，一丝不苟地表演开来，结果得了个满堂彩，最后得了个第一名。奖品是本《抗战文集》，当时我一篇也看不懂。

不久将军衙门小学停办，这简直是晴天霹雳，我被转入通惠门小学。小学背靠金河。只一学期后，我便转入宁夏街树德三小，当时的名校。

（七）

我们入住窄巷子后，人口多，人气旺，热热闹闹。搬来后的第一个春天，连燕子也来凑热闹了，一对燕子就在我们堂屋的门梁上，往来含泥筑巢。春雨过去了，花会开过了，春风更暖了，园中的柑子树开花的香味更浓了，燕子的巢也筑好了。我们的大姐姐最有才情，她才读初中刚十二岁，就在这少城春光中写出了下面的诗句：

> 和风暖日白云开，万里青随燕子来。
> 杏白桃红杨柳碧，青山如黛水如苔。

这首诗父亲特别为之书写，装裱后挂在姐姐房内，我当时也能背了下来。坐在堂屋高门槛上，看着堂屋里挂的不知哪位大师作的青绿山水，看着穿梭堂前燕语满堂的飞燕，闻着那满院的花香，背着姐姐的诗句，也似懂非懂地感觉到，蓉城盎然的春意了。

但不久大姐姐就病倒了，爸妈坐在姐姐的两旁，握着她的手，前面摆了个洗脸盆，盆内有几口鲜血，那是姐姐吐的。我们不准靠近，只能含着泪远远站在门外。

大姐姐是我们当中最聪明、最勤奋的。搬入窄巷子后，她就读于树德女中。天麻麻亮就起来读英文或古文。朗朗之声，夏天从前院的绿荫丛中，在晨风中飘荡而出，寒冬则随朔风卷入室内。她是我家晨读的引领人物，晚上还熬夜，偏身子又单薄。我想可能在简阳女中住校时，她就染上肺病了。大姐姐先在百花潭疗养院疗养，后又在茶店子疗养院疗养，后来，大姐姐就辍学治病了。

大姐病倒后，妈妈把新都的外婆、二姐、三姐和五姐接了回来。家中就更为热闹了。

姐姐们掀起了拼比读书的高潮。为了晚上熬夜读书，将园中最酸的汽柑加泡菜水用来驱瞌睡。那种怪味，我们称之为“嘛味”。我们在后园野山茶与春芽树上搭上木板，在上面当野人，吃花蜜，嚼椿树叶子。我们在妈妈爸爸出去后，办姑姑筵，打枕头战。在妈妈出去打牌时，把妈妈床上的枕头立放起，床底下放碗水搁双筷子，保佑妈妈赢钱，回来发奖。我们把酸柑子拿到黄埔中学参加幸运晚会，换得好吃的陈皮梅软糖。人多了，吃饭要抢菜。妈妈采取分菜法，一人一盘菜。当然第一个先选的，是大哥哥。各人端起菜，找个地方去吃。于是姐姐们就收保护费，要选片肥肉吃。人多了，社会就复杂了，不免要拉帮结派。大姐姐始终站在最高端，孤傲而宁静，高洁而不群。二姐身材修长，有双美丽的大眼睛，有洁癖，颇有统治欲，故五姐和我皆归属于其旗下。四姐是个板鸭（板书），幺毛也不甘游离无主，属四姐保护。三姐性格豪放，属独立大队。大哥素来与众为敌，是个独往独来的独行侠。当然，毛弟以下的，还达不到进入这个社会的年龄。这样，就形成了一个稳定而相对平衡的多极世界。在这窄巷子三十八号的院子里，演绎我们多姿多彩的童年岁月。

正当我们在演绎多国演义的时候，堂前燕也年年飞来，小燕子从窝中探出头来，啾啾地唱个不停。在这气氛热闹，开心的事情多，忧心的事情少的小院里，毛乖、圆妹与大弟娃也逐年加盟进来。

一九四四年的旧历年，妈妈大年三十生了毛乖，毛乖自幼体弱，出麻子时又得了并发症肺炎。要知道，那个年代麻子加肺炎，是不治之症。全家上下气氛沉重，彷徨无主。爸爸于是请了成都有名的小儿科专家夏宇鼎前来诊治，夏医生说：“令郎若要有救，必须用美国最新发明的盘尼西林。”

不过一天的时间，神通广大的老爸就搞到了盘尼西林。夏宇鼎西装革履，戴着金丝眼镜，在全家紧张静穆的注视下，神情严肃的消毒，抽药，注射。当晚毛乖退烧了！毛乖有救了！

圆妹这个妹妹从出生到长大，都是平平静静，顺顺当当，波澜不兴。姐姐们没有给她爱护与关照，哥哥们又不愿与她为伍。她和我一样，是由我们那一个“倒瓜不精”的姑姑带大的。当我们欺负她的时候，姑姑就是她的保护神。但妈妈后来还是把她博大的母爱给予了圆妹。

至于大弟娃是如何出生，记忆就比较淡薄了。不过可以记忆的是爸爸妈妈是最疼爱他的。

有生者也有逝者，有喜也有悲。爷爷婆婆与外婆相继去世。接着又是二爸出车祸，身亡。二爸是老爸的弟，从初中一直由老爸调教，真可谓长兄如父。他就读于中央大学药学系，英文与德文俱佳。当年毕业，他为了急于回成都过年，便搭便车赶路，当时谓之搭“黄鱼”。当车过龙泉驿时，他从卡车后货物上摔下山沟，不幸身亡。当二爸的行李运回时，老爸亲自将行李搬到后院，然后仔细打开，坐在小凳上，一边清点，一边号啕大哭。我们站在旁边见老爸如此伤心，也不停地抽泣，此情此景，现在依然记得。至今我还保存了一本二爸的《德英简明字典》，以作纪念。

外婆只有妈妈一个独女，家贫亲少，真是“外无期功疆近之亲，内无应门五尺之僮”，只有靠女儿度过残年。外婆患有老年痴呆症，每天都坐在堂房右侧的太师椅上，有时出外作短时散步，都能准时回家。但有一次，走失未归，第二天后方才找到，外婆从此卧床不起。一天深夜，妈妈突然坐起大哭：“外婆去了！”

大家惊起，果然外婆逝世了！后来据妈妈讲：“半夜惊醒，见外婆从帐外走过，讲玉仙我去了！”

外婆的逝世，可能是妈妈永远的伤痛。

像这样的夜晚惊魂的事，还真不少。有天深夜，突然一阵剧烈的摇动，惊醒了大家。只听妈妈叫道：“是地震，快起来躲在床底下！”

房子在摇动，床在摇动，躲在床下，牙齿在震动！后来才知道是松潘大地震。

另一次惊魂是后邻起火。一天刚吃过晚饭，就听得有人叫：“起火了！起火了！后头起火了！”

于是妈妈迅速把我们这些娃娃带出大门，沿围墙一排坐好，不准乱跑！大人们进去抢东西，我们怀里抱着抢出来的细软，牙齿打颤。只见屋后火光冲天，那火老鸦满天飞翔，十分可怕。一会救火队来了，他们涌入后院，登上后墙灭火。幸好后院墙是风火墙，否则后果不堪设想。

一到月明星稀的秋夜，就要躲警报了。当时成都经常天清月朗，就是月黑也是满天繁星，天空深蓝，几乎没有什么大气污染。躲警报一般都是爸爸带着哥哥和我，出二道桥城墙缺口，跑向刚收割的田坝，把稻草秆或豆秆堆起作床，父子三躺在上面，仰望皎月，等那紧急警报的拉响。往往不久，各种秋蚊就先来轰炸进攻，浑身奇痒无比，但鬼子还没来，每次皆如此。妈妈他们则在家里躲警报，把两张非常扎实的八仙桌拼起，上面铺上厚厚的棉被，四周垂下厚厚的棉被，据说可以防弹片，桌下铺上毯子，大家躲在里面摆龙门阵，还安逸些。在成都躲警报，大多虚惊一场。

病痛、伤逝、地震、惊火和警报，在这兵荒马乱的日子里，这些给我烙下了永不磨灭，挥之不去的记忆。

（八）

在窄巷子，夏夜的乘凉与冬晚的宵夜是最安逸的了。

夏天与初秋的夜晚，我们全家都会坐在宽宽的走廊上乘凉。书房圆门外不远处放了张竹床，小娃娃就躺在竹床上。有时满天繁星，晚风徐来，有时明月当空，树影婆娑，这是大人讲故事的极好时机。爸爸也经常加入乘凉圈子，而且还讲了好多好听的故事。最好听的就是神魔阿里贡。阿里贡神通广大，是个顽皮儿童，专吃妖怪……而且是连续剧，听不完。之后我总是想，这可能是老爸留学日本，根据日本连环图改编的。

如果是冬夜，晚饭后，一家集聚在书房里，听老爸或三爸讲故事。两支蜡烛照的书房通亮，雪白的墙上，人影晃动。三爸爱酒，妈妈搞点皮蛋香肠和花生米，老爸与三爸可小酌一番，我们也可分得点花生米和香肠。三爸一杯在手，眉飞色舞，将那《三国演义》娓娓道来。他记性好，口才也好，就是书中的诗词也背得出来。什么“云长停盏施英勇，酒尚温时斩华雄”，如此这般，可使你记得一生。

一到寒暑假，我们都集中在“退堂儿”。练大字的练大字，背古文的背古文，做数学的做数学，热闹非常。休息时就玩太公钓鱼，玩升官图，讲故事，特别午睡时，把席子一铺，就席地而坐。五姐有本《薛刚反唐》，天天念给我听。什么“庄孝王，你乃千金之体，上下坐不垂堂，岂能轻易出马……”等等，现在我还记得。之后五姐烦了，不念了。从此我就自力更生，囫囵吞枣地读了起来，这就是我读小说的开始。之后又读了《薛仁贵征东》。什么“万绿丛中一点红，飘飘四下影无踪。三岁孩童千两价，保主跨海去征东”就成了我的顺口溜了。

过完假期，当然要上学了。我天天滚起铁环去上学，沿长顺街走到宁夏街。那时没有公共汽车，汽车也很少很少，除了有时从北校场开出来的美军吉普，我们一见美军吉普，就举起大指姆喊：

“mister，顶好！”

他们有时扔些口香糖下来，我也抢到过。有时他们举起中指，哇哇怪叫，我们也就翘起大拇指：

“Mister，锤子！”

街上只有不多的黄包车，连洋马儿（自行车）也少见。滚起铁环很安全。在黄瓦街及栅子街口子上，有两家书铺，专卖武侠小说。不外乎卖些《火烧红莲寺》《荒江女侠》《施公案》《彭公案》《铁骑银屏》《鹤惊昆仑》及《宝剑金钗》……

一放学回家，我不是到那些铺子逛一趟，就站在窄巷子口子上的打铁铺看打铁，看着大徒弟娃儿抡起大锤，随着师父小锤敲那儿打那儿，火星四射。或是小徒弟娃儿，背起老板娘的娃儿，当街坐在木足盆前洗衣服。过了这些瘾后，天色不早，我才背起书包回家吃饭。

若天气晴好，我又突发兴致，就不走长顺街。我从树德中学后面操场，抄近路从西大街、同仁路口子上的老西门，登上城墙。你一登上城墙，只见城墙上碧草如茵。靠城墙的棚户人家，还在上面放羊呢。和风从城外吹来，只觉得天高云低，再向城外望去，那边是秧子向天边铺去的绿毡。或者这边又是遍地金黄的菜花，去接上远处含烟带雾的竹林。夕阳透过云隙，照遍全身。背着书包信步走去，草的清香中还带有羊粪的异味，偶尔还混有城外飘来的菜花香味，这是独特奇妙的感受。总之，这是种绝妙的三维感受，川西坝子会使你迷上她，爱上她。她终身伴随你走遍天涯，她永远会勾起你浓浓的乡愁，使你终生难忘……

走到二道桥城墙缺口，下得城来，斜对面就是个茶馆。成都的乡村茶馆，我们称之为“野店”，一般只有茶棚而已。这个茶馆即是所谓“野店”也。茶馆内不是在说评书，就是在讲圣喻。茶馆外也肯定围了一层不掏茶钱的旁听者。

说评书与讲圣喻是不同的。说评书一般说的是惊险、玄幻、武侠故事。如《彭公案》《施公案》《金标黄三太》《金刀黄天霸》《翻江鼠蒋平》及《锦毛鼠白玉堂》之类，把惊堂木拍得很响。而讲圣喻则不同，桌前必有一盏方形纱罩灯，上写“圣喻”二字，讲的是古往今来的忠孝节义的故事，韵调抑扬顿挫，多是精忠报国，孝齐天下，守节持身，义薄云天，教化世人，匡扶世风的故事。但它们亦有共同之处，那就是凡说到紧要悬念之处，来个把惊堂木猛地一拍：

“列位听官清了，欲知后事如何？且听下回分解！”

若茶钱不含书费，则是收钱。我下得城来，当然也挤上前去，有头无尾地听他一段，直到腹中鼓响，方才背起书包回家去也。

（九）

不要以为成都人讲究“安逸”，只讲究吃得安逸，耍得安逸，其实川西坝子练武成风，还要打得安逸。只要你早上四五点钟起来，在长顺街、少城公园走一圈，你就会看见好多练武的人沿着街檐，光着膀子，开声吐气，打沙袋，插黄豆，捶磨子，靠木桩。少城公园内就埋有专门练功的粗木桩，被打得东倒西歪。

其实川西坝子习武之风源远流长。听少城公园茶铺中老辈子摆龙门阵讲，远的不说，在民国元年（1911 年），就成立了官办的“四川武士会”，尹昌衡尹督帅任会长。这相当于现在的省委书记任会长是也！“民国”十四年（1925 年），改称“四川省武士总会”，由前清状元——骆公骕任馆长。这又好像是政协主席兼职是也。在少城公园靠半边桥侧，修建了“四川省武士总会”。民国廿七年（1938 年）改称“四川省国术馆”。由此，年年春天开始举办国术比赛——打金章！

老爸常带我们去国术馆看比赛。成都的打金章好看极了。现在的所谓“散打”，尽是打婆娘捶，抱到打，毫无招式可言。

先从打金章的裁判说起。裁判是五人，擂台四个角，每角一个边裁，手执红旗。总裁判一人，手执铃铛，在台上随身附影，监督比赛。总裁一摇铃，比赛即止。若有疑难，总裁与边裁会商决定。

再说比赛规则，不准打婆娘捶，不准打抱箍子架，不准摔跤，不准用攻击阴部及眼睛的毒招。只要有效部位，中一指、一拳、一掌或一腿，就算输一分。输一分算一回合。双方各回原位，开铃重来。输三分则被淘汰。倒地，被逼下擂台及见红则算三分，全输。抽签配对，一百斤的小个子可能碰上两百斤的壮汉。由于是以技击取胜，不全拼蛮力，倒也不甚吃亏。只听铃铛一响，两人便将逼上前。有的门派长枪大戟，长拳弹腿，气势如虹。有的门派，躲闪腾挪，轻巧搏击。有的门派，稳扎稳打，开声吐气，动静有致。有的门派快速进击，掌拳肘指，风雷击打。有的门派以静制动，如封似闭，闲庭信步。只要铃声一响，便要立即分开，静候裁判定分，再行重来。真是好看极了！由于合理的比赛规则，重伤的极少极少。更不像现在的“散打”，多是打抱箍子架取胜，更无招式可言。

最精彩的要算是“民国”三十三年（1944 年），驻蓉美军拳击冠军挑战当年金章朱贯锤。比赛当然是在花会举行，由于是友谊赛，规则是中西合璧。戴西洋拳套，不准起腿，有效部位着一拳则输一分，为 回合。倒地全输，不计数到拾。在花会上，搭一高台，下面设茶座。我们在老爸带领下，去个老早，占了个好位子。只见那天人山人海，热闹非凡。其实那天，我根本没有看出名堂。开始只见美国大兵，长拳击打，朱贯锤左躲右闪，双拳封紧门户，眨眼间，只听见朱大声一吼，大兵先生则倒地全输了！后来老爸请教行内资深武士，他们看清了。只见朱贯锤开声吐气，虚击一拳，扑步穿越大兵身后，待大兵方欲转身，一拳击中下巴。这是何种身法！何种速度！神勇至极！

但在第二年打金章时，我亲眼见他不慎滑倒在地，初赛时就被淘汰了！

打完金章之后正是三月，接下来，便是打马游街。金、银章获得者骑马，蓝章者步行。大家披红挂彩，鞭炮齐鸣。

长顺街是少城的主街，少城官商名流多。故长顺街是必经之道。我们守候于巷子口，只见游街的武士们从菜市场那边在人群的簇拥下，浩荡而来。我们在勤务兵的照拂下跟着走。满街的喝彩声，满街的欢笑声，满街的鞭炮声，在这春风的吹荡之下，真是成都“安逸腾”了！

一旦打得金章，便衣食无忧了。或是川军部队聘为国术教官，或是大学中学聘为国术体育教师，或是名人要人聘为贴身保镖，再不是就开馆授徒，扬名立万。原金章获得者王矮虎，就当过老爸的贴身保镖。

打金章与花会，花会与打金章，是不可分离的。但在宋时，却因“花”而才有“会”，会与花是不可分离的。大姐教我们背的陆游诗，便是明证：“当年走马锦城西，曾为梅花醉如泥。二十里路香不断，青羊宫到浣花溪。”

赶花会对我们娃儿家来说，当然是吃喝玩乐。但老爸却有时对我们讲，花会实际上是川西坝子的物质交流大会。他老人家当过四川农业公司总经理，讲起四川的农产品，讲起四川的土特产，如数家珍。什么阆中的牛肉，隆昌的猪儿，什邡的晒菸，自贡的川盐，合川的豆豉，宜宾的五粮液，泸洲的大曲，金川的雪梨，金堂的叶子菸，通江的银耳，德阳的酱油，郫县的豆瓣，陵江寺的金钩豆瓣，川北的凉粉，龙泉驿的水果，蒲江的白菜豆腐乳，大邑的唐场豆腐乳，江津的米花糖，仁寿芝麻糕，新都白米酥、姜糖与桂花糕……

其余的不说，单是金川雪梨儿，真正是入口消融，现在想起还会流口水！除了土特产的会展与购销外，那就是奇花、异草、名树与盆景的展销。我们娃娃感兴趣的，当然是吃的。只要你一进花会，那川西坝子的名小吃就一字儿排开。我们往往从通惠门出城，在通惠门可以坐鸡公车直达花会。最划得来是吃清炖牛肉汤，我们娃儿多，又吃得，妈妈往往喊个大份。牛肉一次舀定，但可以添汤不添肉。那可是货真价实的牛骨头熬汤，撒把葱花，滴上麻油，加点酱油，鲜美异常！吃了中饭，玩到下午，我们还可以吃上三大炮或糖油果子。只见那三大炮把红漆案板铺开，油光水滑。放上一排铜碟子，这头是口锅，装的是一锅烘热的糍粑，那头是个簸箕，装的是炒得香喷喷的黄豆面。旁边一口小铜锅，熬的是一锅黄亮亮的红糖。只听一声“三大炮哟！”砰！砰！砰！随着老板三挥手，三个糍粑应声在红漆案板上，反弹飞入簸箕中，滚得一身黄豆面，装入铜碟，淋上一瓢红糖，你会吞着口水，香甜直到心里，那个铜碟的颤动声，糍粑的撞击声，老板的吆喝声，会伴随你走遍天涯，终生也不会忘怀……

玩到下午，西边一抹晚霞，老鸦也背负着夕阳的余晖放学了，茶水也喝白了。妈妈说：“该回家了！”我们这群娃娃，举起风车儿，迎着略带甜味儿的春风，让风车儿转个不停，跟着妈妈回家！

（十）

一九四五年八月中旬的一天晚上，我们都在阶檐竹床上乘凉。那晚的天空明净如水，皓月当空。院坝的右侧是几株高大的汽柑树，枝繁叶茂，浓荫满地。左侧树少，只见月光铺地，两株梅树与一株金桂的姿影相映成趣。西南风从同仁路口子上轻拂过来，土墙上的细而长的绿草在月色下东摇西摆，窄巷子安静了下来，真是一个“天阶夜色凉如水，卧看牵牛织女星”的好夜晚！爸妈在内屋有事商量，姐姐们又不想讲故事，对此良景无可奈何。我们只有听着蚊子嗡嗡声，昏昏欲睡……

突然长顺街口子上，人声嘈杂，欢呼声、鞭炮声、号外声不断。妈妈突然从正房走出来，笑嘻嘻地叫勤务兵林金山去看个究竟。不久，林金山气喘吁吁跑回来，手头还拿了张号外，一进门就大叫：

“狗日的投降了！日本鬼子投降了！”

我们一跃而起，瞌睡全无！

“狗日的投降了！”

“回南京，回南京，回南京！”

一边跳一边喊：“狗日的投降了！龟儿些投降了！日本鬼子投降了！”

于是我们跑进去问爸妈，我们可以回南京了！阿里贡可以回南京去讲了！这些都没有得到答案。于是我们就跑下阶檐，从院坝这边跑到那边，这边是清辉满地，那边又是浓荫如盖，巷子里也沸腾起来：

“打倒日本帝国主义！”

在二姐三姐带领下，唱起歌来。

“大刀，向鬼子们的头上砍去……”

“工农兵学商一起来救亡，举起铁锤刀枪，到前线去吧，走上民族解放的战场……”

不久妈妈出来了：“都去睡啦，明天还要上学呢！”

那天晚上睡得最甜最香，那天晚上的月色，是那样的皎洁，那样的光亮，好像我依然沐浴着那晚的清辉，憧憬着未来，可是未来有如窄巷子三十八号的院坝，一边是明亮得如水银泻地，光耀清澈，一边却浓荫覆盖，充满着悬念，充满着变数，或是充满着安详。

过了几天，听说成都各界，准备举行提灯会大游行，庆祝日寇投降。我们全家在东城根街祠堂街口的三楼，看了提灯会，简直是人山人海，但秩序井然。这个大和民族对我中华民族伤害太深，欺负太大，又死不认错。但它也够惨的了，被一个叫美利坚的丢了两枚原子弹。于是，何谓原子弹？何谓 U–235？何谓核裂变？听老爸吹一顿，听姐姐们讲一通。我们如听天书，但我们娃娃们感兴趣的还是光复后回南京的事。

不久老爸飞回南京去了！之后不久，坏消息又传来了，我们的房子被蒋委员长的那个龟儿子侍卫长霸占了。原来是因为我们的房子好，且有日式风格，于是被日本宪兵作为机关使用。那龟儿子侍卫长乘机作为敌产接受，占为己有。官司一直打到老头子那里才尘埃落定，物归原主。于是妈妈正式告诉我们，不回南京了，成都物价便宜，气候又好，文化氛围厚重，适于居住。老爸准备把南京房子卖了，我等面面相觑。南京回不去了，但听说要买地建房，我们又高兴起来。

不久老爸回来了，带了部美国收音机。那时启明电灯公司给我们已装了电灯，没有专用插座，只有爸妈房间才有灯头带插座的特殊装备。老爸兴致勃勃把我们叫齐，插上插头，摆弄着收音机，效果一点也不好，叽叽喳喳响个不停，老爸大为扫兴。我们也东倒西歪，难以抵挡瞌睡的光临，最后妈妈睁开蒙胧的睡眼，叫我们都睡觉去。

从此之后，妈妈天天出去看房子，看地方。选来选去，选去选来，最后定在隔壁那条巷子，支机石街五十六号，找了个姓李的工程师设计并管施工。那个院坝内有一株巨大的核桃树，除了那株核桃树保留了下来，其余都全部拆掉重建。

一九四七年春，我们便从那个充满童趣的陈年旧事的窄巷子搬入了支机石。但我们并不知道，在那条小巷，我们未来会度过那么迷茫仓皇的岁月，那么风雨如磐的岁月……

风雨如磐支机石

（一）

支机石街的命名，据说是有块陨石落到该处，支机石街就由此命名而来。这块陨石曾摆在少城公园内，小时候，我在少城公园还见过这块石头，似呈椭圆形。

我们的新家是五十六号。在长顺街两侧的巷子，凡是双号的都是坐北朝南。凡是单号的，都是坐南朝北。新居取名为“芸庐”，因为妈妈名陈德芸，老爸亲自定名，亲自用他最拿手的隶书写了这两个大字，刻在大门的门楣之上，足见他对妻子的爱与尊重。

新家园内有株巨大的核桃树，高数丈，围数尺，枝繁叶茂，舒展开来，浓荫如盖。在它下面是外客厅，靠街的围墙除门洞外，有一排下房和一间外厕所，正房是穿斗结构的两层楼房。楼下有内客厅、书房、堂屋、饭厅、客房、退堂儿及浴室。后面是水井、厨房、一排下房及内厕所，在左侧有浴室的冷暖供水系统。楼上则是我们的住房，特别是那宽达两米的外走廊，它的栏杆板面有尺把宽，我们可以在上面写作业，从上面还可俯瞰下面的庭院。在外客厅与内客厅之间，有一花坛，一株白玉兰及两盆珠兰，白玉兰上面经常挂架养有鹦鹉的鸟笼，下面是一台石圆桌。在门垛后台阶下，有一株罗汉松，在庭院的左侧，有一“半亭”，它是靠左侧墙壁，斜搭半边屋顶下面则是精致的红柱支撑，配上飞来椅的围栏。这所谓的“半亭”是我们寒暑假的好去处。

搬家后不久，来了稀客也是贵客，那就是老爸的好友桂永清及其夫人。据说他俩在北伐及老爸在编《黄埔军校校史》时，结下了深厚情谊。当时桂永清是海军司令，后来听母亲讲，他们来的主要目的，是邀老爸去台北任海军政治部主任。另外还想结姻亲，他们看上了大姐姐，但后来两者均未成。可能是当时新房刚落成，一派喜气洋洋，老爸又与关麟征交好，想在四川发展，故而不想远走他乡向外发展。

搬入支机石后，我们都大了。大姐依然在家养病。二姐读华英中学，那是个贵族学校，是教会办的。三姐读市女中，四姐考入树德女中，哥哥考入市男中，我仍然读树德三小，幺毛，毛弟及毛乖读八宝街广益小学，圆妹、大弟娃读广益幼稚园。父母亲对子女的课督也愈来愈严了，每天早上六时，必须起床晨读。那可热闹了，读古文的，读英语的，背古诗的，而且要大声朗诵，有时大哥读书，由高转低，渐次进入睡眠状态，老爸必定一声怒喝：“哥儿！”于是哥哥惊醒，声调又由低转高，不久，这位老哥子，又渐入睡眠状态，“哥儿！”又一声怒喝，往往周而复始数次。

后来随着时局的发展，“半亭”上多了副老爸撰写的对联：

难觅桃园避秦地

喜闻子弟读书声

从这副对联，可见当时的时局以及老爸的心情。

每学期的成绩单及评语，老爸与妈妈必定要亲自过目。我自幼顽劣，并不好好读书，只仗点鬼聪明，蒙混过关。念高小一年级时，我的班主任陈德培老师实在看不下去了。期终评语就写了如下的话：

“运仁活泼而颖敏，然朴厚不足，而机智有余。就外形观之，亦小孩天真可爱，游移而欠确实，骄侈而近浮夸，谬时则乖傲拒谏，读书则心猿意马。惜哉！惜哉！若能以最大之毅力，悉改前非，以其倍人之资而为学，先生实有厚望。”

我很少很少挨老爸的打，可这次躺在板凳上，打了屁股，还跪在楼上走廊上，背那篇评语，要我终身不忘。过后妈妈还叫我到她房里，对评语又点评解说了一番。

爸爸妈妈认为世风日下，前景未卜，要使子女们受到好的教育，学到真正的本事，才是正道。每学期，家中都要设家宴，请子女们的班主任，由老爸亲自作陪。我小学算术不好，每天放学后都请老师补习。

妈妈对姐姐们的穿着更严格了。但一切却在慢慢地变化，姐姐们等妈妈不在家，在内客厅，穿起高跟鞋，装摩登，跳个三步四步什么的。三姐买了牛仔裤偷偷穿了起来，只见她上衣穿的是黄埔中学紧身黄呢子军装，头戴船形帽，下面是紧身牛仔裤，足蹬一双半高跟皮鞋。与她的好友赫君小姐在街上招摇，赫君则剪的是男式发型。被妈妈在街上碰见了，妈妈回来大怒，待三姐回家后，痛骂一顿，没收了一切服饰。

我们男孩子，一般都成为绿林大盗罗宾汉的粉丝。再不就是偷偷买把打火炮儿纸的玩具枪，学美国西部豪侠演员加利古柏。或者把干皂角粉捏碎当鼻烟，打喷嚏，学英国绅士。有天妈妈发现这些娃娃个个在打喷嚏，很奇怪，叫我们排队检查，从兜里搜出皂角粉，妈妈痛骂起来：

“这些鬼娃娃，这样会失去嗅觉呀！”

大哥不屑与我等为伍。我就是这些弟弟妹妹的头儿，我组织了“菊花国”，因为园中种了各色菊花，秋夜，菊花与皓月对影，秋天是家中请客最多的季节。我吸收毛弟，毛乖与圆妹参加。请客时我们以各种方式去搞点心糖果，然后躲在花荫之中分而食之。或者分成两边，在花丛中打仗玩耍。要不是就整圆妹，请她闻香香屁，那就是把屁打在香烟筒内，请她闻香，说是香香屁。再不就是拿圆妹开玩笑，哄她作“媚相”，说咬着幺拇指，看不到足后跟。或者买萝卜枪，打萝卜枪仗。把妈妈买的萝卜偷来作子弹。请客时，因圆妹小，往往姑姑先照顾她先吃，我们就用萝卜枪攻打她，姑姑如门神站在门外保护她。

除了这些百无聊赖的恶作剧外，还玩起当时男孩子所玩的所有的游戏，打弹弹、打铜板、花甘蔗、扯响簧与拉提簧。

可是不属于我们的那世界却在悄悄地变化。薄如蝉翼、轻似鸿毛的丝光袜子也很流行了。这种袜子可以用指甲油来补，成都爱时尚的女士们早就倾心于它了。长顺街那几家原来卖阴丹士林、卡几布及白磅布的布庄，现在也在卖华达，凡尔丁与海孚绒之类的时尚毛料了。

每天，不再是徒弟娃在门前吆喝，而是高音喇叭唱点“何日君再来”了。

成都也有制冰厂了，就在十二桥河边上，街上也有冰棒卖了，冷饮店也开了起来。祠堂街少城公园的小大门旁边就有一家很不错，锦屏大戏院隔壁那家更好。西餐馆也有了，最好的，要数青年路、春熙路口子上的撷英餐厅，西点做得最好的当然是耀华啦。

抽烟的人也不总是强盗牌、白金龙与黄金龙了，有时也来点555、加力克及骆驼牌洋烟。也不总是用不安全的红头洋火，汽油打火机也时尚起来。

启明电灯公司也发展了，电灯也装进了寻常人家，有条件的人家还可以装电话。成都无线电广播电台也有了，星期天还可以打电话点播歌曲呢。

随着这些变化，电影也好看了。妈妈也经常带我们去看电影，什么《原子飞金刚》《魂断蓝桥》《玉女神驹》《出水芙蓉》《铁钩》《蝙蝠侠》及《金刚》等影片我们都看过。

成都已从一个恬静的、有如牧歌韵律的城市，摇身一变，变成了一个花花世界。

（二）

搬入支机石后，家里请的佣人又增加了。专门洗衣浆衫的是李大姐，李大姐三十多岁守寡。妈妈专用的黄包车师傅叫余守江，大家管叫他老余，三十余岁未婚。门房叫老马，写得一手好字。厨房大师傅老黄。还有迎春她睡在与妈妈相通的一个小房内，我和她睡一个房间。勤务兵林金山依然是每天从驻地来公馆上班。开始一年多，公馆安静而舒适。园中老马种满了花草，雀鸟往来穿梭，但那每年南来北往的小燕子在成都就很少见到了。大姐姐养了一只鹦鹉，每天白天把她挂在大姐姐的窗前。当大姐看书或写稿累了时，就隔着纱窗教鹦鹉说话。晚上就把它挂在玉兰花树下。

支机石街比窄巷子的地面好些，不是泥巴路。只要一下雨，窄巷子就成了泥塘。你千万不能掉东西，据说有一位太太掉了一支玉簪子，叫丫头去摸起来，结果摸出来的是根烂烟嘴。

遇到这种情况大人都要穿钉鞋或雨靴才行。但支机石就好多了，它变成碎石硬底路面了。同时那歌吟敲击的成都“市声”，依然每天从这深巷走过。订牛奶不再是牵奶牛，走街串巷了，一律是特制玻璃瓶的瓶装鲜奶了。生活就是这样无声的进行改变着。在那股流行风后，又吹来另一股风。电影《一江春水向东流》《八千里路云和月》《万家灯火》掀起了它的高潮，这就是时尚进步的开始。在一派“何日君再来”“夜上海”的靡靡之音被老爸称为“亡国之音”的歌声中，又吹来了一股强劲的流行风。那就是姐姐们在吃饱喝足之后，在幽雅的半亭内，引吭高歌的那些歌曲。

“你是灯塔，照耀着黎明前的海岸……”

“山那边有好地方，一片稻田黄又黄……”

“团结就是力量，这力量是铁，这力量是钢…… ”

姐姐们也在私语，每天老西门茶店子有汽车送学生去延安……

当时在青年学生中，最流行的就是叛逆精神，敢于背叛自己的家庭，投奔革命，这是多么令人向往，多么罗曼蒂克啊！于是成都就在这两种风潮的冲击下，迎来风雨飘摇的一九四八年。

在这一年，在这个幽静的庭院中，出现了三件不同的男婚女嫁的喜事。

第一件是迎春与林金山。迎春是在石桥收养的，她一直跟着妈妈，妈妈所有的首饰都是她保管。林金山在我家至少有五六年了。有天我放学回家，发现大门紧闭，这是从来没有过的事情。进门后才知道，迎春与林金山出走了。上楼去看妈妈，妈妈正在落泪，妈妈很后悔。妈妈从迎春体态来看，她肯定是怀孕了。妈妈的首饰一件不少，整理得整整齐齐。妈妈一边垂泪一边说：

“这个瓜女子你给我讲了一切我给你做主。你就这样走了要吃苦的呀！我怎样想得过……”

后来听说，他们住在华西坝后面，无线电塔附近的棚户人家。为了找到她，我和哥哥商量，背着家里，自告奋勇，带了我们那条狗去找她。找了一天，一无所获，只得疲沓嘴歪的收兵回朝。

第二件是李大嫂与老余。他们俩也是先斩后奏。李大嫂的肚子一天天大了起来。他们二人找到妈妈要求离开。在妈妈的劝说下，老余暂时不走，李大姐可以在外租房子住，并发了双薪，又送上贺礼。过一年后老余也离开了。听说老余在解放后在运输工会工作，从来没有上门找过麻烦。

第二件喜事，则是我们的亲戚了。

我们的三爸刘盛武，毕业于金陵大学农学系，国文也很了得，他教我读过《前赤壁赋》，朗读抑扬顿挫，解读旁征博引，但他老人家却嗜酒如命。三爸在农业公司上班，有一次我跟他上班去玩。一出巷子口，就有一个酒馆“进去喝一杯”。从商业街转到东城根街，又有个酒馆“进去喝一杯”。公司好像在五世同堂那一带。一路上见酒馆，就是一杯不多不少。那可是二两一杯的杯子呀！一到公司已是酒力不胜，二麻二麻的了。三老爷子，颇有名士风流，口中还“之呼者也”念念有词呢。

三爸的婚礼全由妈妈操办，真是长嫂如母。从聘礼到礼服及婚宴的筹备，都是妈妈操办，前前后后忙了个把月，终于一切安妥，也了了老爸的一桩心事。

（三）

搬了新家后，家里的生活规矩也有了变化。房子大了，院前院后，楼上楼下，活动范围宽了。妈妈又经常外出与她的同学们、朋友们活动。于是妈妈决定我们吃大锅伙食，爸妈及毛乖以下吃小锅伙食，大姐是特别伙食。开饭改用摇铃铛。那个场面，是任何家庭所看不见的。如果是星期天，只要一摇铃，各人从自己的地盘呐喊着奔将出来，简直是地动山摇。那种阵势，其他家里少见。妈妈在家妈妈掌本，有时大姐或二姐掌本，倒也安然无事。为了改善伙食，有时爸爸请客后，用锑锅把剩菜端回来。当时不能公款消费请客，要自己掏腰包。把这些美味端回来烧开，老爸美其名为“跟斗汤”，因为这菜是翻了个跟斗，是“二手货”。用这“跟斗汤”，做成脍面，美味极了。特别是冬夜的晚餐，更是如此。现在想起那个“跟斗汤”脍面，还依恋着那种鲜味呢。唉！我家的确娃娃太多，家父经常说：

“如果把嘴巴连起来，起码尺多长，一张开有如河马大嘴，你看每天要用好多东西来喂饱。”

我们的妈妈是最能干的。她心灵手巧，精于烹调，做得一手好下江菜及川菜。有如白油豌豆、糖醋黄鱼、东坡肉、红烧狮子头及梅菜扣肉等下江菜，至今还引起我们的怀念，至于川菜更是至精至纯。在父亲圈子内的朋友们，也经常来家“讨扰”。他们说：

“不求大嫂盘餐味，只求后院泡菜坛。”

原来妈妈的泡菜，远近闻名，后院专门有一房子，作为泡菜坛房。泡莴笋绿如碧玉，泡胭脂萝卜色如玛瑙，泡辣椒，泡豇豆，泡姜，泡蒜，泡酸菜及泡莲花白……无不色香味俱佳。老妈除了烹调外，做的醪糟，猪油醪糟，豆瓣酱，阴豆瓣，水豆豉，腊肉，香肠，五香豆腐肉干，榨海椒……现今已成了绝响，其技法已失传矣。

尽管一个礼拜只能打两次牙祭，但在这么多美味的包围下，我们一点不觉其苦。一根泡豇豆拌豆瓣酱，一大碗饭就可被了账。一碟水豆豉，就可送饭一大碗。而且妈妈经常自己点豆花，做酸豆渣，做神仙粑粑、新麦粑粑、苞谷巴巴。夏天晚饭，往往是豆浆稀饭，一大碗吸水胡豆，那是用鲜藿香叶、辣椒、醋盐及糖做的佐料，将干胡豆在锅里炒熟炒香，然后猛地起锅，装入佐料水中，让胡豆快速吸水，那种味道真好极了。冬天早饭，则是红薯稀饭、泡菜及水豆豉。

我们的饮食在妈妈的多才多艺、精心的安排下，我们姊妹兄弟个个都有好胃口。妈妈做的十样锦好吃极了，是哪十样呢？这里姑且以记之，它们是：白萝布丝、红萝布丝、芹菜丝、黄豆芽、黄花菜、木耳、粉丝、海带丝、豆腐干丝及姜丝。多么有营养又多么鲜美，过年炒一大锅，要吃时拿出来用佐料一拌，无论是下酒或是佐饭，皆是上品。

为了对付这么多嘴巴（当时巧巧尚未出世，我们一共是十二个兄弟姐妹），真是儿多母苦。妈妈想尽办法喂饱大家，在冬天用腊肉骨头煮大青菜一大锅，蘸醋及豆瓣酱，足以使这些娃儿的肚子胀饱矣！在夏天亲自点豆花，做豆浆稀饭，可使这些娃娃鼓腹而游，在院前院后，楼上楼下，冲来冲去矣！

说到穿就更为繁杂了。我们的年龄跨度从一岁到十八岁，最头痛的还是前面五个全是大女娃娃。搬入支机石后，姐姐们有皮鞋穿了，我们男娃有臭气难闻的球鞋穿了。但妈妈还是像在窄巷子一样，每年七八月份做布壳。所谓布壳，就是在门板上用糨糊，将不用的衣服床单等一层层裱背起来，晒干后，就形成较厚的布壳，用来做布鞋。我们穿的布鞋，都是妈妈这样做的。

我们这个家，娃娃这样多，从头排到尾，像爬楼梯一样，有的在底下，有的已快到楼上了。有些还没上幼稚园，但前面的就上初中、高中了，对这些大的，每个礼拜，妈妈就开始发些零用钱。随着当局的货币“改革”，零用钱从法币发到银圆、铜板、金圆券、银圆卷甚至本票。这些体面悠闲，毫不为世事所动的成都爷们，再也不能踱着方步，提着雀笼悠哉游哉了。但妈妈有时也带我们去看戏，祠堂街的锦屏大戏院是当时成都最好的戏院，也是少城唯一的戏院。竞华、陈书舫、周企何与刘成基等名角长期在那里演出。开始演的是传统的、典雅的，像“情探”“秋江”“花子骂相”等折子戏。“情探”词是前清翰林赵熙赵尧老写的，关于焦桂英活捉王魁的故事，词写得美极了。妈妈可全背得出来，她曾经教过我。我现在还能背上一些：

“只见他，绿窗灯火照楼台，哪还记，凄风苦雨，卧倒长街。”

“缓思裁，权相待，犹恐他，从前恩爱依然在。好教奴，千回万转，触目伤怀……”

“秋江”讲的则是潘必正与陈妙常的爱情故事。后来随世风而变，他们也上演些其他的戏。曾隆重推出《蜀山剑侠》，还请上海霞光公司做电光布景，轰动一时。之后更进一步演了些时装戏，这也算与时俱进吧。

真是世事难料，世事难违，世事难定，世事如戏。“你方唱罢我登场”！

（四）

我们的大姐姐的肺病经过这些年的休养，渐渐地可好多了。

大姐姐名运慧，小名新都，这是老爸以他的故乡为名取的。大姐姐自幼聪颖可人，善解人意，勤奋好学，是老爸的掌上明珠。自我混沌初开，开始记事起，我就成了她的粉丝。她秀美而高洁，卓越而不群，容不得瑕疵，追求完美，极爱惜羽毛而不染尘泥。她又不自恃聪明而放弃勤奋，决不因勤奋又忘却自省，这就是我们的大姐姐。

我们在石桥时，很少见着她，原来她就读于简阳女中，只是周末回家一趟。当时学校条件艰苦，可能从那时起就染上了肺结核。自我们搬家成都窄巷子，她考入当时顶尖名校树德女中，更是黎明即起，英语或古文朗朗之声，夏天从前院的绿荫丛中，在晨风中飘荡而出。冬季则随寒风，卷入室内。她是我家晨读的领引人物。

大姐姐十二岁就辍学养病，病情也反复了两次，好了，上学又复发。在养病期间，她从未间断过学习。她喜欢画画，从自习水彩画到临摹《芥子园画谱》，无师自通。其工笔仕女、花卉，已有小成，一手娟秀的小楷，可与老妈媲美。她从不间断学习英文，数年之后，可读原版小说，《飘》《呼啸山庄》与《爱的教育》的原版，是她最喜欢的英语读物。后来我才知道，大姐姐并不是高洁不群的孤僻者，她是怕把病传染给我们这一大群弟妹，所以有意疏远我们。在我们小时候，她经常带着我们办姑姑筵，讲白雪公主，讲小矮瓜故事给我们听。得病后，她一人孤独地与病魔斗争，为了保护我们这群弟妹不受传染，把自己隔离起来。经常带着凄清的微笑，看着我们在庭院中冲来冲去。之后我才察觉到，她是多么地想参与啊！

她因有病体弱，经常失眠。在这庭院深深，花荫丛丛的夜里，一个十多岁的灵秀的女孩子，独自躺在那里，与病魔抗争！那真是“迟迟钟鼓初长夜，耿耿星河欲曙天”啊。

同时我们年龄与学识与她相差太远，因而毫无交流的可能。例如每当入秋后的乘凉的，她往往与老爸老妈交流多。她和爸妈的秋夜联句，就曾在我们当中传颂，那时她年仅十六岁。

其一：

人生几见月当头（父）
点点疏星映晚秋（母）
暑气渐随纨扇尽（姐）
虫声和梦到高楼（母）

其二：

阶砌露华冷（父）
幽窗凤尾森（姐）
徘徊相对韵（母）
当月不须灯（姐）

大姐姐不仅诗书画了得，而且经常在各大报纸，像当时的《工商导报》《成都日报》《新新新闻》与《新民晚报》上发表诗作及针砭时弊关注民生的文章与小说。这位因病而深锁庭院小姐的思想竟与时代的脉搏互动。当时与她唱和的诗作不胜枚举，今仅列出著名学者张圣奘先生（资阳人，剑桥大学博士）和作，以见一斑。

大姐姐十四岁诗作：

和风暖日白云开，万里青随燕子来。
杏白桃红杨柳碧，春山如黛水如苔。

和作：

岷峨灵秀自天开，奇气纵横闲气来。
月幻惊鸿花幻影，江山高韵落苍苔。

妙语诗魂慧眼开，昆仑气撼万峰来。
东风吹暖江湖梦，云影扫开镜里苔。

翠滴空灵六合开，春山万态扑眉来。
诗心妙拍春心活，雨洗乾坤竹扫苔。

大姐诗作如蓉城之春潮，自然而娟秀，流畅可人。张先生之和作，经天纬地，和小诗而撼五岳，功力非凡！

由于大姐的聪慧与纯真，更由于她与病痛斗争的勇气与毅力，以及自幼在长期病魔折磨下仍自强不息的学习精神，深深感动了当时四川的一位才女，著名的国学大师黄稚荃老师。黄稚荃时任国民政府国史馆编修、四川大学文学院教授。

稚荃老师收运慧为义女，大姐称稚荃老师为干妈，大姐姐当时的心情可想而知，是非常开心与兴奋的。

因为她的努力，她的勤奋，她的成果，不仅得到了社会的承认，还得到了她最敬重师长的关爱。不久，她又以优异的成绩考入华西大学中文系。

（五）

一九四八年秋，树德中学这个有名的私立学校也“进步”起来了。那个年头说“进步”，是非常危险，但是也是非常时髦的。这些家境富裕的子弟们组织了各种社团，各种同乡会，开展进步宣传工作。我刚进初中，新都同乡会就来关心我，要我入会。加入同乡会很有些好处，开同乡会时有点心吃，我们小同乡可以不出钱。混编座位时，若运气好，前后左右附近有本同乡会的，还可以打个 pass 给你。如果有大同学欺负你，可以找同乡会出面摆平。这些好处我都享受过。

现在这个私立名校的学子们行动起来啦！为了表示反抗，向训育主任陈瘟猪打屎罐子。据说是从二楼摔下的，将他的一袭长衫的下摆弄了个屎尿俱全，痛快！谁叫他老是吹毛求疵，痛快！陈老师教我们音乐，他那个豆芽瓣瓣乐谱，如听天书。听说教导主任万矮子今天也不来校啦！他教我们英语课。他公子与我们同班，一天，他叫他公子站起来，读“stands”单词，这位公子爷读成“吃馓子”，引得哄堂大笑，装怪，于是万老师怒火冲天，当场打了十个手板，边打还边说：“你去告你的家严，你的家严就是我！”痛快！这位家严也不敢来啦！我们也不必像躲炮弹一样，躲他那恶毒的拖长声调的抽问：“第……几排，第……几位站起来！”边念还边用目光扫射，我们不得不趴在课桌上“躲炸弹！”痛快！今天不躲炸弹了。

大学长们在校园内成群结队，高喊：“反饥饿！反内战！”“要民主！要自由！”我们这群小学友则到处乱窜：“要自由！要自由！”。突然从楼上高中班，喊出了最得人心又最时髦的口号：“罢课！罢课！”全校一片欢呼：“罢课了！”

好安逸，我们也罢课了！学校里看不见一个老师，那位吹上课号的工友，用茫然的眼神，看着我们这些兴高采烈，以不上课为快乐的小爷们，用手抚摸着擦得锃亮的军号，抚平挂在号上的红流苏……摇摇头，举起号，想吹，不敢吹，不吹，又不敢不吹，但是最终，他还是按时吹响了上课号，又按时吹响了下课号。那神情，那号声，在我记忆里刻烙得如此深，犹如昨日所见，犹如昨日所闻……

不知是谁在发号施令，要大家都在前操场集合起来。树德中学有两个操场，一个在前面，进校大门左侧便是。操场左右侧是两排楼房教室，操场正面是礼堂，礼堂右侧就是吹上下课号的所在。礼堂后则是一天井，食堂，然后是古朴而庄重的后校门。出得后校门，豁然开朗，一片大操场一直向后伸延，竟与城墙相接。

我们这些罢课者集合起来，并未分班次。不知是谁又宣布要出校游行示威！反饥饿！反内战！大同学走前面，小同学走后面，赞成！赞成！出发！

出了校门，就是树德里。这条小巷既无店铺，也无人家，南侧是四大监狱的高墙，北侧是某神秘机关大院。出得里来右拐，进入宁夏街，经过卖煮红苕，卖小菜的店铺，我的心跳得好厉害，肃穆而庄严地走着，因为我们是在游行示威，是在履行一种神圣的职责。我们是在拯救饥饿，我们是在进行斗争什么的！没有走几步队伍却停了下来。

突然不知哪一个下的命令，要大家“向后转，跑步回校！”这显然是一次大撤退。

“快！快！跑回校！”

“八宝街口子上，架起了机关枪！”

“狗日的，好多丘八堵在口子上！”

“丘八堵丘九，龟儿子不要脸！”

“娃娃，赶紧回去，小命要紧！”

街边上看热闹的大声向我们喊起来。队伍在慌乱中一阵狂奔。树德里那条巷子并不宽，校门更窄，居然还没有发生踩踏事故，简直是个奇迹！总之，大队伍安然撤退返校。随着在一片“关大门！关大门！”的呼声中，咣当一声大门关上了！大家才舒了口大气！

在魂魄稍定，心跳不惊之后，学长们豪情又起。“打开后校门！大家到大操场去！”我们这些小学友们可高兴啦！这比上街游行，操正步好玩多啦！大家一涌而出。你猜，在大操场严阵以待的是什么？是机关枪？不是。是丘八？也不是。沿后墙一字儿排开的，是卖花生、卖地瓜、卖甘蔗、卖肺片、卖烘糕以及卖大头菜夹锅魁大军。直到今天，我还是百思不得其解，他们是从何处得到如此准确又如此迅速的情报。莫非是宪兵队？莫非是蓝衣社？莫非是中统？莫非是军统？看来都不是，此为树德中学建校以来一大谜案。从抗战时期至解放，我都在树德这个圈子里受教。开始就读于宁夏街的树德三小，后受业于树德中学。据我所知，这次学潮是这一成都私立名校唯一的一次自发的规模最大的政治活动。其中组织者是谁，使这所私立名校愤然而起，闹了一天学潮，与当时反饥饿、反内战潮流相呼应？又是谁泄密给官方，在八宝街口子上架机枪以待，来了个丘八堵丘九？不知又是谁告小贩以商机，在后操场恭迎游行示威而归的学子们的聚会？均无从考证矣。

我们来到后操场，这才是我们的天下。靠城墙边上那排树早被我们爬得光溜光滑的。如果有一角钱在手，就不必去“反饥饿”啦！花生五分钱半斤，再来个大头菜夹锅魁，还可买个大地瓜解渴呢！只有这个样子，才能尝到罢课的滋味呢！

学长们又叫集合整队，队伍在大操场上走了几圈，喊了一气“反饥饿”“反内战”“要自由”“要民主”的口号。又宣布天色不早，但我们要继续示威，开营火示威晚会！“哇！同意！”接下来，这些读走读的丘九们好像个个都有一两角钱在手，不必去“反饥饿”，就在后操场用快餐。

天色暗了下来。学长们找来些柴火，大多是缺腿少足的烂课桌、烂课椅，烧了几大堆营火，大家围着营火，唱呀！跳呀！

“你是灯塔，照耀着黎明前的黑暗……”

“团结就是力量……”

“山那边有好地方……”

跳呀，唱呀，企盼着民主，企盼着自由，企盼着黎明，企盼着一个新世界的降生，企盼着一个新时代的降临。但谁又在感觉那催生前的阵痛？是训育主任？是教导主任？是等候这些学子们回家吃饭的双亲？还是那个将被改造的整个社会？年轻人他们有这样的权利，他们追随着一种新兴的力量，去破坏传统，既没有压力，也不负任何责任。至于那个明天究竟怎样。那是不需要去研判的。他们认定那肯定是美好的。但那一个吹号兵拿着锃亮的军号，茫然看着我们，依旧坚定地吹响了熄灯号。明天，明天还是要上课、下课的，号声将依旧按时吹响！

之后，为了求学和生计离开了树德。但每当我想闹点“学潮”“罢课”偷懒的时候，眼前总浮现出那擦得锃亮的黄铜军号，那耀眼的鲜红的流苏，耳边就响起树德中学激越嘹亮的号声。我想，这才是真正的树德精神！

（六）

随着时局的变化，家中的气氛也变化了。姐姐很少与我们见面了，她们可能也去闹学潮了？

关麟征也经常来约老爸出去，一去就是几天。据说他们上峨眉游青城去了。关麟征，黄埔一期，台儿庄抗战名将，时任陆军副总司令兼中央军校校长。老爸与关相交深厚，经常在一起研讨书法。关精于狂草，大开大合，真是飞阁流丹，下临无地！老爸则偏爱篆隶，转换如意，法度井然。关刘互为知己，关曾亲书各种规格的条幅六十余张，精裱后赠予家父。今青城山天师洞古黄帝祠，犹存关将军用狂草写的一副对联：

八百里青城玉垒依然山色秀

五千年华夏金瓯永固帝恩深

联文为老爸所代撰。老爸在峨嵋山有一金刚体对联，是刻在一岩体之上，联说：

独思予道　敷坐说经

字斗大有余，雄浑巍然。老爸带回拓片，在诗婢家裱成巨型条幅，挂在外客厅。对那片山崖，我等追寻多次，踏遍青山无寻处。唯见草木森森，白云绕绕，真个是，只在此山中，云深不知处！而关将军与老爸的条幅，也在“文革”中抄抢去兮，渺无踪迹……

他俩又从不喝酒，常常以茶代酒，掌灯为烛，作长夜谈。忧国忧民，抨击时弊。时而轻声细语，时而激愤高昂，似年轻时代，在黄埔岛上，闻涛声起舞，迎风雨而奋扬！然时过境迁，大厦将倾，积重难返。苦笑相对说：

“只二十余年，黄埔老矣，尚能饭否？”

另外，近来经常来家的客人，是身着一袭长衫，头戴礼帽，戴眼镜的一位先生。只知张姓，不知其名。一来，老爸即延请至书房，端茶端水果点心，妈妈叫我不让老马等进去，使人颇觉神秘。

一天下午，父亲带我去科甲巷吃茶。我们等了一下午，天已黑了，茶馆已上灯了。只见一人头戴礼帽，微微点下头，老爸即起身说：

“小兵，我去去就来。”

过了半个时辰，老爸返回道：“冯老板，想做点五金生意。”

我们起身后，又转到中山先生铜像那里，铜像四周依然是花木葱茏，暗香浮动，似乎藏有某种玄机。我们坐了一会，才动身回家吃饭。

不久，老爸即被任命为十四区专员，去川北守剑阁。原来老爸本来任命为成都市市长，后因某种原因，老爸选择了去川北。

老爸去川北那天，我们搭上车队的车，去送行。到北门后，我们下车与老爸告别，然后带着深深的担心与莫名的惆怅，步行回家……

老爸走后月余，一天下午，那位姓张的先生突然来访，与妈妈谈后，跨出书房门，只听他言道：“大嫂放心，一切均会安妥。”

张走后，妈妈说，爸爸来信了，还写有诗呢！我们争相传看，那是四首五律。今恭录于下：

剑阁吟

（一）

剑阁雄天下，峰高夕照多。
水流花送影，林静鸟传歌。
世乱严金柝，时平走玉珂。
雄关凭镇守，挥剑动山河。

（二）

剑阁雄天下，千峰拜马前。
举头搔北斗，俯目看秦川。
栈道思飞将，残碑仰昔贤。
由来征战地，遗垒尚依然。

（三）

剑阁雄天下，益州第一关。
马冲云影重，剑引月光寒。
古柏英雄气，山花壮士颜。
扬鞭驱楚粤，走马定幽燕。

（四）

剑阁雄天下，山川起壮图。
虚怀光日月，侧目看江湖。
艮震陡心转，乾坤要手扶。
苍生如可救，何必圣贤徒。

在成都解放前夕，城防司令是盛文，黄埔六期，胡宗南部属。当时成都风雨飘摇，这位司令为了稳定城市秩序，颁布了“十杀令”，于是抓了几个打家劫舍的散兵游勇，在少城公园就地正法，并公开示众。我背着妈妈，偷偷地跟着同巷的几个大人，到少城公园去看过。公园那个大坝子躺着几具尸体，反绑起背，插有标子，尽是打的脑壳。城里本来就笼罩着紧张的气氛，此举在这兵荒马乱的阴霾的寒冬里更添上腥风血雨的恐怖气氛。但是他的“十杀令”对稳定成都的秩序，不致引起抢劫与骚乱也可能起了一定的作用。

就在这紧张恐怖的气氛中，一天，一大清早，一阵急促的敲门声惊醒了老马。老马马上叫醒了大家，妈妈下得楼来，只听外面叫道：

“大嫂是我，老关。”

开门一看，原来是关麟征，关大哥及关大嫂。门外停着两台美式中型吉普。

关一进门就说：“克谦呢？收拾一下，快走快走，我留下了一架飞机，去香港。”

“他去川北起义去了。”妈妈说。

“唉！怎这么糊涂？”关顿足道。然后沉吟半晌：“那这样，我把你大儿子、二儿子带走，怎么样？”

妈妈最后道：“大哥，大嫂，谢谢你们了！克谦又不在，我想我们全家不管死活也要在一起。”

关伯伯与关伯母沉默片刻，长叹一声，只有互道珍重而别。接着，那两台吉普车的马达声随着初冬的寒风，消散在布满晨雾的巷口……

老爸最后的一个好友，也大雁南飞了！不久，即传来老爸在剑门关起义的消息。

（七）

一九四九年十二月二十九日，解放军举行了入城式，成都正式解放。这政权的转换，也非常符合这个城市的性格，平静而舒缓。在这略带轻寒的初冬的朔风中，云层又透出些太阳的光彩，于是城头就安详地变换了大王旗！

首先，因为老爸起义，当局敲锣打鼓送来一块光荣军属的木牌子，并钉在门楣上。

其次，我家住进了解放军部队。有一位首长，据说是负责四川经济工作，姓金，为人非常和善文雅，有一大群警卫员，还有一部全新的吉姆牌轿车，不经意摸一下外壳，还麻手呢！他住在我们的书房内，其余的部队住楼下其他房间。解放军纪律严明，与我们相处很融洽。他们经常把他们打的饭给我们这些“小鬼”打上一些，那是白菜炖猪肉粉条以及香喷喷的大白馒头，或者是黄豆芽白炖猪肉煮面块的北方烩面。要知道，成都的面食除了锅魁与包子外，馒头是没有卖的，面块烩肉菜也很新鲜。总之，这些饭菜以及他们那特有的语言，还有那种随和的上下级的关系，的确带来一股新风，一股“解放”之风。

这股解放风也吹进了我家。首先大姐姐在大学里参加迎解放活动，劳累过度，她本来身体就弱，做事又认真，思想又激进，熬更守夜，办报写文，终于病倒了，肺病复发，只得回家养病。其次二姐、三姐及五姐，发表不上学宣言，要去当工人，彻底改造自己，背叛反动家庭。妈妈万般无奈，又不能让这几个女孩子到处乱跑，只得到沙河铺找到老爸的一个开食品厂的一个朋友，请他帮忙，招她们三人做工，并又租了一间铺面的楼上宿舍，安排妥当，才送她们进厂。当时并无公共汽车，来回都要靠抄足板，走路呀！同时还要一人照看下面的一大群娃娃，足见妈妈之辛苦！

四姐与大哥继续上学。我听妈妈的话，休学在家。现在家中无人，总要有个应门的“五尺之僮”啊！

大姐的病渐渐见好一些，为了补贴家用，她在门朵儿里开了个小铺子，卖点香烟、糖果、零食之类，生意还相当不错。

姑姑负责煮饭、洗碗等厨房事务，妈妈炒菜。

我与妈妈天天到祠堂街去摆地摊。妈妈把家中的闲置的杂物，如从南京带回的小娃儿衣服，一些摆设等清理出来，我们就背到祠堂街去摆地摊。后来找到一家熟裁缝铺，每天寄在她铺子上，就不必天天背来背去了。

那时祠堂街地摊很多，两边阶檐摆满，去迟了还没有摊位。收摊时要把摊位打扫得干干净净。摆地摊的有好多知识分子。我最记得有一位戴眼镜的年轻妇女，她是我们的邻摊。主要是卖旧书。她说：

“再卖，我也不会把笔墨水瓶卖掉！”

她送给我一本冰心的《寄小读者》，又送我一本《冰心选集》。在那个寂寞的日子里，冰心的诗“星星”及“南归”给了我的心灵以安抚和慰藉。

如果青羊宫赶场，我和妈妈就背起东西到青羊宫前那个坝子头摆摊。每次去，生意都好极了，往往卖光。

“我们那些东西，乡里人喜欢！”妈妈讲。

现在家里的衣服被褥，全是妈妈洗。洗好后，我用背篓背起，与妈一起出城墙缺口，到二道河去清洗。那时二道河的水从将军堰流下来，河水清亮，晴天波光粼粼。看见水，妈妈那双美丽的眼睛也灵动起来。我们边清洗，她也边讲些故事。

她说："在武汉分校，有一个大水塘，我才进校，姑娘家，喜欢玩水。我走上搭在塘边的木跳板，去洗手，拨弄了几下，头一昏就栽了下去，岸上的人喊了起来：救人啦！有人落水啦！有一个先生奋不顾身把我救了起来，小兵，你猜他是哪个？"

"是老爸？"

"不是。"

"那猜不到了。"我又好奇地问道："那他是哪个？"妈妈说："他就是茅盾，沈雁冰！"那清亮的河水从我们的脚下流过，它留不住青春的岁月，却会带走眼前的忧患与烦愁。无论什么事，什么梦，在它面前都不是永久。我跟妈妈学会了坚忍，也学会了憧憬与忘忧。正是"问君能有几多愁，恰似一江春水向东流"。

清了衣物回来，一般就准备晚饭，我把磨子架好推豆浆做豆浆稀饭。妈妈把泡好的黄豆拿出来，妈妈一边添黄豆，我一边推磨。一边添，一边推，我们娘俩就这样度过了这个寂寞的黄昏。妈妈也许是在回想往事，从中去寻找欢乐的往事与坚守的勇气，而我呢，却默默地想着明天生活的茫然。

下午有空闲时，妈妈就会说："小兵，不要荒废了时间，勤有功，戏无益。来背古文，我教你！"

在妈妈的讲解下，我背了不少的古诗文。如《李陵答苏武书》《陈情表》《赤壁赋》《后赤壁赋》《黄冈竹楼记》《贾谊过秦论》《出师表》《后出师表》《长恨歌》与《琵琶行》等等，现在我大都能流利背出。妈妈在教我读古文时，都是一边与我们做布鞋，一边教我。

母亲也非常诙谐，每当下午教课有较枯燥时，就讲些笑话。谨记一则如下：

张献忠剿四川时，杀人如麻。为了表示文治之举，特意维修了二郎庙之大门。为记此盛举，特邀川西文人，作文以记之。数十篇中，亲定该篇八股为首：

夫天下之大，莫过于行善，而行善之大，莫过于修庙，而修庙之大，莫过于修二郎神庙之大门。夫二郎者，老郎之子，大郎之弟，三郎、四郎之兄也。庙前有树，树后有庙。人皆云树在庙前，我独云庙在树后，启其然乎。庙内左悬钟、右悬鼓，钟声嗡嗡，鼓声咚咚，一嗡一咚，一咚一嗡。

呜呼哀哉！尚飨！是以为记。

妈妈还写得一手娟秀的小楷，她又叫我练大字，她说先练颜体，再练柳体，这样就具有颜的风度，柳的风骨。我真佩服妈妈的聪慧与见识。

她教会了我要珍惜光阴，就是在人生的最低潮时，在生活的坎坷接踵而来时，也要学习、学习、再学习，绝不荒废，更绝不丧气！

（八）

如果生活能这样粗茶淡饭，平平静静地过着，在这翻天覆地，“改朝换代”的历史巨变中，那算是最幸福的了。这样的奇迹，只有在古代的更迭中才会出现。因为这是一个特殊的社会大革命，社会大洗牌时期。

首先，人民政府为治理金河，成立了“金河治理办”，需要经费，每家进行摊派。我家摊了数百元，为这笔钱妈妈急白了头发，四处申诉无效，后来求救于住在我家的金首长才有结果。金首长派员去“冶金办”反映该家是起义将领，又是军属，子女众多，奉公守法，请酌情减派。此举果然有效，可见大首长们是通情达理的。

再就是农村开始了土地改革，少城的土改委员会好像是在斌升街。那天早上，外面喊陈德芸，妈妈在后面答应慢了，赶忙赶了出来，我也跟了出去。

“你这个地主婆，还摆啥子架子。”

“我们乡下没有田。”

“没有田？放屁！你们在新都的佃户皮三娘告你有二十亩地，长年剥削她，首先要减租减息，要陪几千元！”

“那里有二十亩地，只要几分坟地，请她看坟从未收过租金，每年还要付钱给她。”

“放屁，把红契与租约拿出来再说。”

说完扭头就走，这还算是讲理，以证据为准，不是胡来。

妈妈把我领上楼说：“小兵，你马上到新都去找三爸，红契与租约在他那里。这事重要得很，不可耽误，懂吗？”

“好！我马上就去。”

“来去坐黄包车，黄包车到北门锣锅巷去喊，钱拿好。”

我马不停蹄赶到新都去找三爸。三爸是学农的，金陵大学毕业，一生不关心政治，好酒，颇有陶渊明遗风，天下大变，不如归去，还可以躬耕于垅亩，“农人告余以春及，将有事于西畴”，去培养新品种呢！

我找到三爸后，他神色紧张，非常害怕。

他说：“红契与租约在姓周的亲戚家中，你在那树林中等我，我就去拿来。”

我独自一人向那片树林中走去，天阴沉沉的，早春的寒风刮过田坝，田坝尚未春耕，也是灰蒙蒙的，令人感觉这初春却充满了秋意。等了良久，三爸冲赶来：

“时间不早了，你赶紧走。东西拿好。”

当我赶回成都时，早已上灯了。我溜进大门，那天停电，院坝漆黑，到后院一看，妈妈还在厨房对着一盏青油灯等着。

“妈妈”。

“东西拿来了？”

“拿到了。”

“好儿子，快吃饭。”

我连吃了三大碗饭，洗了足，一觉睡到大天亮。管它直路弯路，宽桥窄桥，刮风下雨，日子总是要过的。

土改对我家的影响算是最小最小的。因为我们在乡里根本无田无地。老爸家在新都，所谓是耕读传家，自耕薄田几亩。妈妈老家涪陵，城市贫民。早年与赵一曼、任弼时及罗瑞卿同学时，曾加入共青团，更无田无地，取笔名为赤贫。

三个当工人的姐姐，也不当工人啦。二姐、三姐考起了海政文工团，二姐大眼睛，身材高挑，在学校里是有名的女高音。三姐热情奔放，女中音，唱歌跳舞都来得，她俩被单位转送重庆培训。五姐依然回高等师范学校读书。

川西坝子的仲春天气来了。云开雾散，暖暖的太阳使人打瞌睡。这时老爸来信了，他们驻扎在孝泉镇，不久即将赴重庆西南政治高级研究班学习。

于是妈妈决定带着我去孝泉看老爸。动身那天，天气晴好。我们在锣锅巷喊了黄包车，我和妈妈共坐一部车，据车夫讲，路上不平静有土匪，大多要结伴而行。出了城后，只见秧子碧绿，菜花金黄，蓝天白云，和风拂面，心情好极了，于是诗兴大发，我也学大姐姐写起诗来。现在还记得几句：“孝泉去看父，乘车伴母行。菜花一片黄，矮秧十里青。”其余的记不得了。当时背给妈妈听，逗得她大笑，她说：

“小兵不要学这些东西，没用！你爸爸爱搞，不能当饭吃。”

我们到达孝泉时，已经掌灯了。

孝泉是川西坝子一大古镇，一门三孝，安安送米的故事就发生在这里。安安送米的故事，成都的娃儿个个晓得。镇上正街是青石板路，两侧是青瓦屋顶，木铺面。老爸驻地，是一所大院。他住一小小单间，床铺是几块砖头搭块门板。老爸坦然道：

“比北伐时好多了。北伐时睡菜地，睡粪坑旁，还用粪缸煮过红苕吃哩！”

在孝泉老爸出来吃饭，自由行走，交朋结友。所以天天吃好的，不是炒猪肝，就是炒腰花，炖鸡烧鱼。这样好的伙食，把我的肚子吃坏了。

住了几天，我们要走了。那天上午，我们父母子三人缓缓地走到镇口，喊了辆去成都的黄包车，我在黄包车那边等妈妈。妈妈和老爸站在那棵大树下道别，他们讲了半天，然后双手握在一起，相互对视着，这对二十年来相濡以沫的患难夫妻又将分别了。妈妈转身朝车子走来，老爸举起手向我摇手告别，在明媚的春光下，我突然发现老爸又添了好多白发，在春风中，那棵柳树的枝条在摇动着，带着碧绿的嫩叶，我觉得我也在慢慢地长大了……

大姐姐的病又加重了。妈妈打听到平安桥有家法国医院，是平安桥法国天主教堂办的。她们那里有美国刚发明的链霉素，当时据说是肺结核的特效药。妈妈与我赶忙送她进院，药费很贵。医院的护士全是嬷嬷，黑袍白披帽，整齐干净。

结果钱用得不少，病反而更严重，原来它是肺炎的特效药。又只得将姐姐接回来，回家停药后，似乎一天又好似一天起来。

一九五零年秋季，她我在树德中学复学了。

接着五姐偷偷地参军了，进军西藏。走的前一天，是星期天，她没有给妈妈讲，也没有给任何人讲。走时，她只叫我陪她走走，返回学校去。我陪她走到小南街。

她说："小兵，你想吃啥子，五姐请你吃。"

"吃碗凉粉。"

于是我们就在街边的凉粉摊上，吃了碗黄凉粉。最后分手时她讲："五姐要走了，给我说再见！"

我们就这样分手了。可是她这次回学校，这一生就再也没有回过家了！直到一九五五年我考进重庆大学，才在解放碑与她不期而遇。她那时已被组织保送到重庆交通学院公路专业学习，而且是调干生。我与她迎面相遇，因为她寄过相片回来，我一眼就认了出来。

"五姐！"大声一喊。

"你是哪一个，吓我一跳！"她说，"小家伙认错人了吧？"

"我是小兵呀！我考进了重大，到重庆来读书了。"

"你是小兵？不像不像。"

她说："小家伙骗人的吧？"

直到我搬出爸妈姓名，全家兄弟姊妹的姓名和小名："新都、紫英、三宝、四宝、五宝、哥儿、小兵、幺毛、毛弟、毛乖、圆妹、大弟娃与巧巧"来作证明，她才渐渐地相信起来。我们两姊弟在重庆又团聚了。当天她请我在冠生园吃了中饭，看了电影，又给我十元钱。我正没钱买计算尺，这事我记得一辈子！这些也都是后话。

五姐走后，妈妈很伤心。有一整天不言不语。一天我放学回家，妈妈讲：

“小兵，你到我房里来，我有话给你讲。”

我随她进去后，她坐在床边上，沉默了很久才说道：“小兵，你哥哥参军了，云南炮兵学校。”

“……”我大吃一惊，如晴天霹雳，一句话也说不出来。

妈妈沉痛地说：“都走了，大姐又重病，你就是最大的了。你要帮妈妈的忙，带好弟弟妹妹，做他们学习的榜样，带好头。你要答应妈妈，不跑！”

“我不跑，妈妈，我答应你！”妈妈抱着我哭了……

老爸去重庆学习，家中事事不顺心。大姐心性纤细又敏感，深知家境已大不如前，她的病愈来愈重了，从肺结核感染至喉结核、肠结核。妈妈经常请医生来家里看病，姐姐的病是决不可能逆转了。

一个晚上妈妈给我讲：“小兵，明天一早你带着弟弟妹妹去少城公园。下午四五点钟才能回来。大姐姐明天上午也可能熬不过了。我还要联系防疫站来消毒，找墓地，买棺材，找工人抬，这些事都不要你管，你只把他们带好，不出问题就行了。回来时你先进来看看，一切妥当才让他们进来。传染了小的可不得了！”

第二天一早，我带着幺毛、毛弟、毛乖、圆妹、大弟娃与巧巧，在外面一人吃了根油条，喝了碗豆浆，在少城公园玩了一上午。弟妹们吵着要回家，我左哄右哄，想尽办法带着他们玩。在沙坑玩沙子，在铁牛那里骑铁牛，在纪念碑那里爬梯子，梭“梭梭板”，在茶铺买碗茶给大家喝，买点花生发军粮，一人一个大头菜夹锅魁，提高点兴趣……

好不容易侍候这些顽皮儿童到了下午四点钟，我才领着大家回家。走在路上个个疲沓嘴歪。到家后，我先进去打探消息，大姐姐的棺材停放在楼下堂房内，已封了棺，堂屋前后门紧闭，楼上楼下一股消毒药水味。妈妈叫我把弟妹们带进来，走侧道至后院，上楼休息。一切安顿后，我把大门关了。前后庭院杳无声息，巷子里头也格外安静。这时我才陡然发现，近来巷子里走街串巷的吆喝声越来越少，越来越少了。黄昏时，那淅淅沥沥的春雨下了起来，堂屋里停放着大姐姐的棺材……

早上，天色阴沉，我们打发那几个虾兵虾将上学之后，妈妈和我等到四个雇用的师傅到后，他们抬起棺材在前面走，我与妈妈默默地跟在后面，走到金河街，转向通惠门，出了城墙缺口，顺着城墙走到百花潭，那是她住过的疗养院，走过青羊宫，这本是一条春风送暖，花香鸟语的花会之路，今天却出奇的冷清，布满了泥泞。除了飘来几滴轻寒的小雨外，只有妈妈和我伴着她走向她最后的归宿。走到青羊宫后一座坟山下，实际上是一座坟岗。

“到了，就是这儿！”一位师傅道。

抬上岗后，师傅们在一棵杨槐树下挖了起来。落下棺木，垒起坟头，做好记号。那雨又下了起来。打发了师傅们走后，我和妈妈相依站在槐树下，默默地看着垒起的土堆，那是代表一个聪慧的、最纯洁的精灵，她脱离了苦海，得到了超脱。妈妈最后说：“走吧，回去吧。‘新都’是质本洁来还洁去。我们回家吧。”

我扶着妈妈，妈妈撑着雨伞，慢慢地下得岗来……